하늘과
바다가
만 — 나

KB220176

이건 네가 있는 두 달간의 이야기이자,

네가 없는 1년간의 이야기

목차

프롤로그

바다

하늘과
바다가
만나

작가의 말

바다

1월 2일

평범한 날이었다.

감기 기운이 있어 일주일 동안 병원에 가지 못하다 완전히 다 나은 오늘에서야 가게 되었다.

버스 정류장에서 502번 버스를 기다렸다.

버스 알림 전광판에서 노란 글씨들이 깜박거렸다. 전광판은 나에게 버스가 3분 뒤에 도착한다고 알려주었다.

정류장은 한가했다. 지팡이를 짚고 있는 할머니 한 분과 우리 집 근처에 있는 중학교 교복을 입은 여학생 한 명, 그리고 내가 전부였다.

내가 정류장에 도착했을 때는 이미 대기 의자가 두 사람으로 가득 차 있었다. 난 어쩔 수 없이 의자 옆에

서서 버스를 기다렸다.

정류장 안으로 찬 바람이 불어 들어왔다. 하루하루가 지날수록 날씨가 더 추워지는 듯했다.

뉴스에서는 지구 온난화 때문에 나중에는 사계절이 아니라 여름과 겨울만 남을 것이라고 했다. 먼 미래의 얘기가 아니다. 작년의 계절만 해도 뜨거운 햇빛과 차가운 눈으로만 이루어진 것 같았으니까.

난 입고 있던 패딩 지퍼를 목 끝까지 올렸다.

아래에 있던 시선을 위로 올리자 정류장을 중심으로 많은 사람이 지나다니는 게 보였다. 하나같이 색깔만 다르고 똑같이 생긴 패딩을 입고 있었다.

그때 병원으로 가는 버스가 도착했다. 난 할머니와 여학생이 타고난 뒤 마지막으로 버스에 올랐다.

버스 안에도 사람이 많지 않았다. 다른 버스에 비해 원래 사람이 많이 타지 않는 버스이기도 하고, 오후 1시라 이른 아침보다 더 조용한 듯했다.

난 뒷문과 가까운 의자에 앉았다.

입맛이 없어 아침이랑 점심 둘 다 먹지 않았더니 뱃속에서 요동치는 소리가 났다. 혹시 다른 사람에게도 소리가 들릴까 봐 의미 없는 짓인 줄 알면서도 한 손으로 배를 부여잡았다.

그리고 나머지 한 손은 창가에 올리고 턱을 괴었다.

창문 밖으로 각자의 길을 걸어가는 사람들이 보였다. 어깨동무를 한 친구부터 손을 꼭 잡은 커플까지. 혼자 있는 사람이 드물었다. 새해 분위기가 물씬 풍겨왔다.

잠시 깜박 조는 사이 어느새 버스가 병원 근처 정류장에 가까워지고 있었다. 난 얼른 하차 벨을 눌렀다.

병원까지 가려면 버스에서 내려 5분 정도 걸어가야 했다. 병원이 도시 한복판이 아닌 외진 곳에 있기 때문이다.

병원으로 가는 길에는 별별 생각이 다 든다.

오늘은 괜찮을까. 갑자기 상태가 안 좋아졌으면 어떡하지.

인터넷을 찾아보니 사람이 죽는 건 한순간이라고 했다. 똑같은 병을 가지고 있어도 누가 언제 먼저 죽을지는 모르는 거라고. 어제까지 멀쩡했던 사람도 하루아침에 하늘나라로 갈 수도 있다고.

난 하루하루 불안에 떨며 병원으로 향한다.

한 손에는 보온병을 들고 익숙하게 3층으로 가는 엘리베이터 버튼을 눌렀다. 그리고 3층에서 내려 복도 오른쪽에 위치한 302호실로 들어갔다.

병실은 별다를 게 없었다. 2인실이라 침대 두 개와 서랍장 두 개, 그리고 작은 공용 냉장고가 전부였다. 엄마는 정말 이곳이 편할까.

병실에 들어가니 커튼이 쳐져 있었다. 난 조심스레 커튼을 젖혔다.

"엄마, 나 왔어."

"아들, 왔어?"

엄마가 곡소리를 내며 힘겹게 몸을 일으켰다.

"됐어, 그냥 누워 있어."

"오랜만에 아들 얼굴 보는데 누워 있으면 되겠니?"

"누가 보면 한 달 정도 안 본 줄 알겠네."

"이제 감기는 다 나았어?"

"응, 이제 괜찮아."

"넌 다른 데 아픈 적은 없으면서 꼭 감기는 한 번씩 걸리더라. 따뜻하게 입고 다녀. 감기도 자주 걸리면 안 좋아."

"엄마 몸이나 걱정해. 자, 이거. 야채죽이야."

난 엄마에게 보온병을 건넸다.

"네 아빠도 참. 이런 거 가져오지 말라니까."

엄마는 그러면서도 기분 좋다는 듯 살며시 웃으며 보온병을 건네받았다.

"이거 내가 끓인 거야. 야채도 내가 다 썰고. 아빠는 옆에서 불 조절밖에 안 했어."

나는 약간 억울한 듯이 말했다.

"아구 그랬어, 우리 아들~. 대단한데?"

엄마는 그렇게 말하고는 한참이나 보온병을 바라보며 어루만졌다. 보온병을 어루만지는 손이 얇고 거칠었다.

"아빠가 입맛 없다고 굶지 말고 챙겨 먹으래."

"알아서 잘 챙겨 먹는다고 전해줘."

엄마는 '잘'이라는 말을 늘어뜨렸다. 그리고 눈가를 찡그리며 장난꾸러기 같은 표정을 하고 말했다. 가끔은 엄마가 진짜 밝은 건지, 아님 밝은척하는 건지 헷갈린다.

그때 옆 침대 커튼이 열렸다.

"아주머니, 이거 하나 드실래요? 엄마가 저 자는 사이에 놓고 간 것 같은데…."

처음 보는 여자아이가 있었다. 저번에 왔을 때만 해도 분명 침대가 비어 있었는데.

그 아이는 엄마에게 토마토주스를 내밀었다.

"어머, 고마워. 나 토마토주스 엄청 좋아하거든~. 그리고 아주머니 말고 이모라고 불러."

"아직 익숙하지 않아서요. 이제 이모라고 부를게요."

그 아이는 머리에 하얀 비니를 쓰고 있었다. 얼핏 보니 내 또래인 것 같기도 했다. 뚫어져라 보는 내 시선이 느껴졌는지 그 아이도 나를 쳐다보았다.

"어?"

그 아이는 나를 보고 순간 놀란 표정을 지었다. 나는 그 애의 반응에 어리둥절한 표정을 지었다.

"아, 얘는 내 아들이야. 그러고 보니 하늘이도 이제 18살이라고 했지? 바다랑 동갑이네~."

이 아이 이름이 하늘인가 보다. 하늘과 바다. 뭔가 기분이 묘했다.

"바다야, 인사해. 어제 왔어. 하늘이야."

우리는 어색하게 서로를 쳐다보았다. 침묵이 길어질 때쯤 그 애가 먼저 손을 흔들며 인사를 건넸다.

"안…녕?"

"어, 안녕."

나도 가볍게 손을 흔들며 인사를 받았다.

"둘이 잘 지내면 좋겠다. 바다도 거의 매일 여기 오니까."

엄마는 우리의 어색한 기류를 느끼지 못한 건지 해맑게 이야기했다.

그 애는 이야기 나누라고 말하고는 다시 커튼을 쳤다.

나는 엄마 옆에 놓여 있는 의자에 등을 기대고 앉았다. 엄마가 내 손을 지긋이 잡았다. 나도 엄마 손을 꼭 잡았다.

엄마가 가져온 야채죽을 다 먹는 걸 보고 나서야 나는 병원을 나섰다.

잠깐, 그러고 보니 엄마 옆자리에 있던 저 애가 입원했다는 건….

암이다. 저 아이도 암에 걸린 거다. 그리고 저 아이는 우리 엄마와 마찬가지로 살날이 얼마 남지 않았다는 뜻이다.

1월 3일

엄마는 반년 전에 시한부 선고를 받았다. 오랜만에 했던 건강검진에서 위암 말기라는 결과가 나왔기 때문이다.

가끔 소화가 안 된다는 말을 하곤 했지만 그게 암의 증상일 거라곤 아빠도 나도, 그리고 엄마 본인도 전혀 생각하지 못했다.

의사 선생님은 말했다. 2년을 넘기지 못할 거라고.

인터넷에 암에 대해 검색했다. 위암은 원래 증상이 명확하지 않아 초기에 발견하기 어렵다고 한다. 말기의 경우 5년 살 확률이 10% 미만이란다.

믿을 수 없었다. 어제까지 건강하던 엄마가 아프다는 사실을. 살날이 얼마 남지 않았다는 사실을.

비로소 실감이 난 것은 엄마가 항암치료로 인해 머리카락을 다 밀어버렸을 때였다. 엄마는 미용실에 가던 날 따라오지 말라고 했지만 아빠와 난 기어코 엄마를 따라갔다.

엄마는 어차피 빠질 머리 이참에 시원하게 밀어버려 속이 시원하다고 웃으며 말했고, 아빠는 뒤에서 눈물을 훔쳤다.

엄마의 경우 이미 림프샘까지 전이가 된 상태여서 수술도 어렵다고 했다.

엄마가 할 수 있는 건 힘든 항암치료를 견뎌내는 것뿐이었고, 아빠와 내가 엄마를 위해 할 수 있는 일은 아무것도 없었다.

항암치료를 하던 어느 날, 엄마는 호스피스 병원에 가고 싶다고 했다. 아빠는 당장 죽는 것도 아니고 아직 시간이 많은데 왜 벌써 거기에 갈 생각을 하냐고 화를 냈다. 아빠도 속상해서 그랬겠지.

엄마는 웃으며 말했다.

"나 이제 항암치료 그만하고 싶어. 조금 힘들어."

눈물 한 번 흘린 적 없었던 아빠는 그 말에 펑펑 눈물을 쏟아냈다. 엄마는 살면서 힘들다는 소리를 한 적이 단 한 번도 없었기 때문이다.

그런 엄마가 얼마나 힘들었으면 힘들다고 말했을까. 그 말을 내뱉기까지 얼마나 많은 용기가 필요했을까.

엄마는 아빠와 내 앞에서 늘 의연하게 웃었다. 괜찮다고. 엄마 튼튼해서 그렇게 쉽게 죽지 않는다고. 그냥 호스피스 병원 생활이 궁금하다고 했다.

아마 아빠와 날 힘들게 하지 않기 위해 스스로 병원 생활을 선택한 거겠지.

하지만 난 엄마의 뒷모습을 봤다. 늘 그렇게 웃던 엄마가 모두가 잠든 밤에 화장실에서 숨죽여 우는 걸 봤다.

괜찮은 척했던 거다, 엄마는.

항암치료를 받지 않으면 길어야 1년을 살 거라고 했다. 하지만 아빠는 엄마의 부탁을 거절할 수 없었다. 그렇게 엄마는 집에서 멀지 않은 호스피스 병원에 입원을 하게 되었다.

그리고 나는 엄마가 병원에 입원한 뒤로 매일 엄마를 보러 병원에 갔다. 먹을 것도 챙겨주고, 혼자서 적적할 엄마에게 말동무가 되어주었다.

평소에 엄마와 대화를 많이 하던 사이는 아니었지만 그런 건 아무래도 상관없었다. 지금이 아니면 영영 엄마와 대화를 할 수 없게 될지도 모르니까.

병원으로 가기 전에 아빠 양복점에 들렀다.

아빠는 디자이너였다. 유명한 몇몇 배우들의 옷을 직접 만들었다고 한다.

아빠는 그중에서도 양복 만드는 일을 즐겨 했고, 양복점을 차리게 되었다.

엄마도 양복점에서 처음 만났다고 한다. 엄마가 할아버지의 양복을 사러 아빠 가게에 갔을 때 아빠가 첫눈에 반했다나 뭐라나. 그렇게 내가 생긴 거다.

아빠 양복점은 우리 집 앞 상가 1층에 위치하는데, 별다른 이름도 없이 그냥 '맞춤 양복점'이라고 간판을 걸었다.

겉으로 보기엔 그냥 오래되어 보이지만 단골손님이 꽤나 있는 모양이었다.

"엄마한테 가려고?"

"응. 집에 있어봤자 할 것도 없고."

"가끔은 공부도 좀 하고 그래, 임마. 이제 고2잖아."

"알았어, 알았어."

나는 잔소리가 귀찮다는 듯 얼른 대답했다.

"자, 이거 가져가."

아빠가 나한테 보온병이 든 노란 천 가방을 내밀었다.

"죽이야?"

"미음이야. 아침에 끓였어. 네 엄마 분명 또 밥 조금밖에 못 먹었을 테니까."

나는 아빠가 건네는 천 가방을 받아 들었다.

"다녀올게요."

"가는 길에 엄마 좋아하는 토마토주스도 좀 사가."

"알겠어요."

난 노란 천 가방을 들고 병원으로 향했다.

병실에 가서 커튼을 젖혀보니 엄마가 눈을 감고 있었다. 난 엄마의 코에 손을 슬쩍 가져다 대어 보았다. 엄마의 호흡이 내 심장까지 느껴졌다.

엄마가 깨지 않게 조심해서 보온병과 토마토주스가 들어 있는 상자를 놓고 의자에 앉았다.

한숨을 돌리고 앞을 보는데 저번에 봤던 여자아이가 서서 창문 밖을 보고 있었다. 그 뒷모습에 호기심이 생겨 나도 모르게 말을 걸었다.

"너 뭐 해?"

그 아이는 깜짝 놀라며 뒤를 돌아 나를 쳐다보았다.

"아, 안녕? 그냥…, 하늘 보고 있었어."

"하늘?"

"응, 난 가끔 심심하면 하늘을 보거든."

그 아이는 다시 창문으로 고개를 돌렸다.

"하늘 보는 거 재밌어?"

그 아이는 다시 나를 보며 말했다.

"그럼! 강아지 모양 구름 찾거나, 초코소라빵 모양 구름 찾는 것도 재밌고, 그러다 운이 좋으면 무지개도 볼 수 있어."

그 아이는 해맑게 웃으며 말했다. 그 티 없는 웃음에 나도 모르게 같이 피식 웃고 말았다.

그러다 문득 궁금해졌다. 이렇게 밝은 아이가 어디가 아파서 여기 온 걸까.

"저…, 이런 거 물어봐도 되는지 모르겠는데, 넌 혹시 어디가 아파?"

참을성이 없는 나는 생각할 겨를도 없이 바로 질문을 던져버리고 말았다.

그 아이는 갑작스러운 질문에 살짝 당황한 듯했지만 이내 다시 웃었다.

"얼마든지 물어봐도 돼. 상관없어."

그 아이는 잠시 뜸을 들이더니 말했다.

"뇌종양이야. 악성 신경교종."

악성 신경교종이 무엇인지 알 수 없었지만 '악성'이라는 말만으로도 얼마나 끔찍한 병인지 느낄 수 있었다.

"아, 그렇구나…"

순간 그럼 이 아이는 언제 시한부 선고를 받은 건지 궁금해졌다.

하지만 이것만은 물어보면 안 된다는 걸 나도 충분히 알고 있었다.

잠깐의 침묵이 이어지고, 나는 어색한 분위기를 깨기 위해 먼저 말을 꺼냈다.

"저, 토마토주스 마실래? 엄마가 좋아하셔서 사 왔는데."

그 아이는 다시 밝게 웃으며 대답했다.

"내가 받아도 돼?"

"그럼. 여기."

나는 그 아이에게 다가가 토마토주스 하나를 건넸다.

"고마워."

그 아이는 그 자리에서 병뚜껑을 열어 주스를 한 입 들이켰다. 그리고 시원하다는 듯 '캬' 소리를 내며 내게 물었다.

"저, 이름이 뭐라고 했지?"

"아, 바다야. 한바다."

"바다. 알겠어. 기억할게."

그 아이는 내 이름 '바다'를 입에서 꼭꼭 씹어 발음했다.

"넌 이름이 뭐였지?"

"하늘이야. 이하늘!"

"그래. 기억할게."

그때는 몰랐다. 내가 이 아이의 이름을 평생 기억하게 될지.

1월 4일

"아저씨! 안녕하세요!"

"별이 왔니?"

"바다 여기 있어요? 집에 가니까 아무도 없길래요."

익숙한 목소리에 작업실 한구석에서 쪽잠을 자다 깼다.

"웬일이야?"

"웬일이긴~. 너 오늘 병원 안 가?"

나는 하품을 한번 크게 내뱉었다.

"아니, 이제 가려고."

"나도 같이 갈래!"

"너도?"

"방학하고 이모 한 번도 못 봤잖아. 이모 좋아하는

떡볶이 사서 갈까? 아니다, 이모 잘 못 드시려나."

"떡볶이는 못 먹을 거야. 토마토주스는 병원에 많이 남았어."

"그럼 죽이라도 사서 갈까?"

"그래, 그러자."

유별은 나와 초등학생 때부터 친구였다. 유별네 가족이 초등학교 1학년 때 우리 앞집으로 이사를 왔다.

자연스레 우리는 같은 초등학교, 중학교를 다녔고, 지금은 같은 고등학교에 다니고 있다.

"단호박죽 어때? 부드러워서 잘 드실 것 같은데."

"응. 단호박죽 사자."

난 계산을 하려고 체크카드를 꺼냈다. 그때 유별이 내 손을 잡으며 고개를 저었다.

"노노! 오늘은 내가 살 거임."

"너 돈 있어?"

"당연하지! 용돈 받았어. 오랜만에 이모 보러 가니까 내가 살게."

"안 그래도 되는데."

"내가 사고 싶어서 사는 거야."

유별은 당당하게 자신의 지갑에서 카드를 꺼내 직

원에게 내밀었다.

"고마워."

난 유별이 엄마한테 신경 써주는 걸 안다. 이건 가까운 사이라도 쉽게 할 수 있는 게 아니다. 크게 티는 안 냈지만 진심으로 유별이 고마웠다.

"에이~. 우리 사이에 뭘."

유별은 앞머리를 쓸어 넘기며 쑥스럽다는 듯 말했다.

"근데 넌 병원 가는데 화장을 뭘 그렇게 진하게 한 거야? 치마도 입고."

유별은 이 한겨울에 목덜미가 드러나게 머리를 한 갈래로 땋고, 다리가 훤히 드러나는 짧은 치마를 입었다.

유별은 발끈하며 대답했다.

"남이사 화장을 하든 말든, 치마를 입든 말든! 넌 잘 모르겠지만 여자는 어딜 가든 꾸미고 싶은 법이라고."

잘 이해는 안 됐지만 그렇구나 하고 넘겼다.

병실에 도착하니 엄마가 앉아서 책을 읽고 있었다.

"이모! 저 왔어요!"

"어머, 별이 왔니? 오랜만이네~."

유별이 엄마에게 달려가자 엄마는 유별을 꼭 껴안았다. 유별을 거의 딸처럼 생각하는 것 같았다.

유별도 엄마를 그만큼 편하게 대했다. 자연스레 침대 옆 의자는 유별이 차지했다.

　"이모, 바다랑 죽집 가서 단호박죽 사 왔어요! 점심 제대로 못 드셨죠?"

　유별은 엄마에게 죽이 담긴 봉지를 내밀었다.

　"어머, 안 사와도 되는데~. 이모 밥 잘 먹고 있어."

　엄마는 그러면서도 기분 좋다는 듯 죽을 건네받았다. 엄마는 의외로 표정을 잘 못 숨긴다. 물론 이런 사소한 표정을 알아보는 것도 나뿐이겠지만.

　"누워 있지, 왜 또 앉아 있어."

　난 엄마가 앉아 있거나 서 있다가 갑자기 쓰러지기라도 할까 늘 불안하다.

　"얘는, 사람이 어떻게 매일 누워만 있니. 계속 누워 있으면 허리 아파."

　엄마는 나 보란 듯이 허리를 더 쫙 펴서 앉았다. 건강하다는 걸 보여주려고 더 그러는 것 같았다.

　"근데 별이 오늘 왜 이렇게 이쁘게 하고 나왔어? 어우, 다리 안 추워?"

　엄마가 유별 머리를 쓰다듬으며 말했다.

　"앗, 저 예뻐요? 봐, 이모가 예쁘다잖아."

　유별은 부끄럽다는 듯 웃더니 나를 보며 말했다. 아

까 화장 왜 했냐는 질문이 마음에 남았던 건가. 뒷북도 참.

한창 얘기를 나누고 있는데 병실 문을 열고 누군가들어왔다. 이하늘이었다.

우리 셋은 동시에 그 아이를 쳐다봤다. 엄마가 먼저 친근하게 말을 걸었다.

"하늘아, 어디 갔다 왔어?"

그 아이는 병실 문을 닫고 자기 침대로 가며 대답했다.

"아, 잠깐 복도 좀 걷다 왔어요. 앉아 있으니까 심심해서요."

그 아이는 오늘도 여전히 해맑은 미소를 짓고 있었다.

"하늘? 어? 이하늘?"

갑자기 유별이 그 아이 쪽을 보며 깜짝 놀란 듯 말했다.

"뭐야, 왜 그래?"

"아니, 내가 아는 애인 것 같아서."

"진짜? 아는 사이야?"

나도 놀란 토끼 눈을 하고 이하늘을 보았다. 이하늘은 뜸을 들이더니 유별을 보며 물었다.

"아, 넌 별이…, 맞지?"

"맞구나, 이하늘!"

나는 이게 무슨 상황이지 싶어서 둘을 번갈아 쳐다보았다. 유별한테 내가 모르는 친구가 있었나?

　어떻게 아는 사이냐고 물어볼 틈도 없이 유별이 이하늘에게 달려가 두 손을 꼭 잡았다.

　"이하늘! 어떻게 된 거야? 연락도 없이 갑자기 사라져 놓고!"

　"미안해. 사정이 있어서…."

　"그래도 나한테는 연락을 했어야지!"

　둘은 꽤 친한 사이처럼 서로를 대했다. 그때 내가 하고 싶던 질문을 엄마가 던졌다.

　"어머, 별이랑 하늘이 아는 사이니? 어떻게 알아?"

　"저희 1학년 때 같은 반이었어요!"

　유별은 오랜만에 친구를 만나 기쁘다는 듯 활짝 웃으며 대답했다. 그리고 난 깜짝 놀라 유별에게 물었다.

　"같은 반이었다고? 둘 다 2반이었어?"

　"응! 그렇다니까~."

　"근데 왜 난 몰랐지?"

　"넌 5반이었잖아. 그리고 하늘이는 5월달에…."

　유별은 이하늘의 눈치를 살피더니 말했다.

　"자퇴했었어. 연락도 없이 갑자기 가서 얼마나 놀랐다고."

이하늘은 유별을 볼 면목이 없다는 듯 고개를 푹 숙이고 있었다.

"어? 근데 너 여기 있다는 건…."

유별은 이제야 눈치를 챈 것 같았다.

"너…, 설마…."

이하늘이 아프다는 사실을.

유별은 잡고 있던 손을 놓고 잠시 머뭇거리더니 이내 울 것 같은 표정을 지었다.

"너…, 아파? 그런 거야?"

"별아, 그게…."

"뭐야, 어디가 아픈데."

"나 실은…."

"네가 왜 여기 있냐고!"

유별은 화가 난 건지 슬픈 건지 알 수 없는 표정으로 소리쳤다.

"별아…. 진정해."

엄마는 유별에게 다가가려 했다. 난 말없이 엄마의 손을 잡았다.

"이모…, 얘 왜 여기 있어요?"

엄마는 아무 말 없이 고개를 돌렸다.

입술을 깨물고 있던 이하늘은 이내 고개를 들어 유

별을 쳐다보았다.

"별아, 나 조금밖에 안 아파. 진짜 괜찮아! 정말…, 괜찮아."

이하늘은 유별을 안심시키려는 듯 유별의 손을 꼭 잡고 웃으며 말했다. 하지만 유별을 안심시키기엔 턱없이 부족한 말이었다.

유별은 눈썹을 찡그리고 입술을 파르르 떨며 이하늘을 쳐다보았다.

나는 둘에게서 시선을 뗐다. 어두운 침묵이 병실을 휘감았다.

유별은 그 뒤로 엄마에게 또 오겠다는 인사를 남기고는 우울한 표정으로 병실을 나왔다. 나도 유별의 뒤를 따랐다.

나오면서 이하늘과 눈이 마주쳤다. 나는 그저 이 상황이 안타까웠고, 이하늘은 처음으로 슬픈 얼굴을 했다.

그 아이의 슬픈 표정을 보는데 이상하게 내가 마음이 아팠다.

유별은 버스를 타고 집에 가는 동안 한마디도 하지 않았다. 나도 묵묵히 유별 옆에 앉아 있었다.

집 앞 버스 정류장에 도착하고 버스에서 내리자 유별이 말을 걸었다.

"야, 나 핫초코 먹고 싶어."

유별은 기분 안 좋은 일이 있으면 늘 우리 집에 왔다.

엄마는 친한 사이일수록 손님 대접을 잘해야 한다고 신신당부를 하셨고, 난 유별이 올 때마다 핫초코를 타 주었다. 과일 깎는 것도 못 하는 내가 할 줄 아는 건 핫초코 타는 것밖엔 없었기 때문이다.

유별이 핫초코를 마시며 마음에 담아두었던 말을 막 쏟아낼 때마다 나는 그냥 옆에서 들어주었다.

핫초코를 다 마실 때쯤이면 유별의 얘기도 다 끝나 있었고, 유별은 다시 웃으며 집에 돌아가곤 했다.

유별과 난 우리 집에 들어갔다.

유별은 입고 있던 패딩을 벗어 식탁 의자에 곱게 걸어두고 자기도 옆에 있는 의자에 자연스레 앉았다.

난 얼른 서랍장에서 포장되어 있는 핫초코 가루를 하나 꺼내 따뜻하게 데운 우유에 가루를 풀었다. 뒤에서 유별이 훌쩍거리는 소리가 들렸다. 난 유별이 민망할까 봐 못 들은 척 유별에게 핫초코를 건네고는 나도 그 앞에 앉았다.

유별은 하얀 김이 폴폴 나는 핫초코를 후후 불더니

한 입 들이켰다.

핫초코 한 입에 유별은 금세 진정된 것 같았다.

"하늘이…, 어디가 아픈 거야? 넌 알아?"

난 뜸을 들이다 대답했다.

"…뇌종양이래. 악성 신경교종"

이하늘을 처음 본 그날, 집에 와서 신경교종이 뭔지 검색해 봤다.

뇌와 척수 사이 안에 있는 신경교세포에서 기원하는 종양이란다. 수술로도 완전히 제거하기 어려운.

"신경교종? 그게 뭔데?"

"정확히는 나도 모르겠어. 그냥…, 나쁜 암이야."

"…."

잠시 동안 우리는 아무 말도 하지 않았다. 침묵이 길어질 때쯤 내가 질문을 던졌다.

"너 이하늘이랑 친했어?"

유별은 마시던 핫초코를 내려놓고 고개를 끄덕였다.

"고등학교 입학하고 학기 초에…, 넌 다른 반이라 몰랐겠지만 나 친구가 없었어. 다른 친구들이랑 친해지려고 먼저 말도 걸고 그래봤는데 이미 무리가 다 형성돼서 나를 안 끼워주더라고."

유별은 다시 핫초코를 한 입 마셨다.

"근데 그때 하늘이가 나한테 먼저 다가와 줬어. 나한테 초콜릿을 주면서 같이 밥 먹자고 하는 거야. 그래서 그날 이후로 하늘이랑 엄청 친해졌었어."

그때 문득 생각이 났다. 학기 초에 직접 이하늘이라고 이름을 말하지는 않았지만 유별이 내게 새 친구가 생겼다고 말했던 일이.

유별은 계속 말을 이어갔다.

"그렇게 매일 밥도 같이 먹고 쉬는 시간마다 수다 떨고 그랬는데…, 5월이 되자마자 하늘이가 학교를 안 나오는 거야. 그리고 선생님이 하늘이가 사정이 있어서 자퇴했다고 말했어. 그때 하늘이 자퇴한 얘기로 잠깐 떠들썩했었는데 너 못 들었어?"

그러고 보니 다른 반 애가 말도 없이 자퇴했다는 얘기를 얼핏 들은 것 같기도 했다. 유학 갔다는 소문이 있어서 그냥 그런 줄로만 알았다.

"아니, 들어본 것 같아. 근데 그게 이하늘 얘기인 줄은 몰랐어. 난 마주친 적이 없어서 누군지 모르기도 했고."

"하늘이랑 평소에 전화도 많이 하고 문자도 많이 했는데 어느 날부터 연락을 안 하더니 갑자기 학교를 떠나버린 거야. 그 뒤로 아무리 연락을 해도 안 받더라고. 근데…, 근데 병원에 있을 줄은 꿈에도 몰랐어."

"이하늘은 이번 주에 입원했대. 내가 감기 걸려서 일주일 동안 병원 안 간 사이에."

유별은 하고 싶은 말이 있는 듯 입을 열었다. 하지만 쉽사리 입 밖으로 꺼내지 못했다. 유별이 왜 망설였는지는 질문을 듣고 이해할 수 있었다.

"하늘이…, 죽어?"

나는 질문에 눈을 질끈 감았다 떴다. 감히 내가 뭐라고 그 질문에 함부로 답할 수 없었다.

"거기 그냥 병원 아니잖아. 호스피스 병원이잖아."

"나도 몰라…."

"왜 몰라, 너희 어머니도 입원해 계시는데!"

순간 유별은 자신이 해선 안 되는 말을 했다는 듯 입을 틀어막았다. 하지만 난 상관없었다. 나도 입원한 두 사람의 미래를 알고 있었으니까.

"미안…."

유별은 고개를 숙이고 사과했다.

"아니야. 나도 알고 있는걸."

핫초코에서 피어오르던 김이 차갑게 멈추었다.

1월 5일

    엄마한테 문자가 와 있었다. 오늘은 점심 많이 먹었으니까 아무것도 가져오지 말라는 내용이었다.

    문자까지 보낸 걸 보니 진짜 점심을 많이 먹은 모양이었다. 다행이라고 생각하며 병원으로 발걸음을 옮겼다.

    병실에 들어가니 침대에 엄마가 없었다. 그때 커튼 사이로 이하늘이 고개를 내밀었다.

    "안녕!"

    이하늘은 날 보고 웃으며 인사했다.

    "안녕. 저, 혹시 우리 엄마 어디 가셨는지 알아?"

    이하늘은 커튼을 아예 다 젖히며 말했다.

    "아주머니, 아, 아니다. 이모 향수 만들러 가셨어. 오늘 특별 프로그램 있는 날이라."

"넌 안 가?"

"난 오늘 쉬고 싶어서. 향수 냄새 맡으면 머리 아프기도 하고."

그 애는 또 해맑게 웃었다. 그냥 보면 아픈 아이 같지 않았다.

난 엄마 침대 옆에 있는 의자에 앉았다.

"저, 있잖아."

"응?"

"별이…, 화 많이 났어?"

이하늘은 나에게 유별에 대해 물었다. 난 순간 뭐라고 대답하면 좋을지 몰라 망설였다.

"그게 화난 건 아니고…. 그냥 좀 속상해하더라."

유별이 속상해했다는 말에 이하늘은 어쩔 줄 몰라 하는 표정을 지었다.

"역시…. 그랬구나…."

"아, 너 신경 쓰이라고 한 말은 아니야, 그냥…."

난 그 모습에 횡설수설하며 말했다.

"괜찮아. 별이한테 연락 안 한 건 내 잘못이니까…."

그 애는 그렇게 말하고는 땅을 바라보았다.

난 화제를 돌려야겠다 싶어 다른 얘기를 꺼냈다.

"저, 오늘은 하늘 안 봤어?"

"뭐?"

"아니…, 오늘은 심심하지 않았나 해서….""

이하늘은 멍한 얼굴로 나를 몇 초간 바라보더니 빵 터지며 웃었다.

"하하하!"

"뭐, 뭐야. 왜 웃어?"

"아니, 그냥 이 상황에 그런 질문을 하는 게 웃겨서."

"아니, 난 그냥, 순수하게 궁금해서….""

"어? 너 귀 빨개졌다."

나는 당황하면 얼굴이나 귀가 빨갛게 달아오른다. 난 멋쩍은 듯 머리를 쓸어 넘겼다.

그 애는 배를 잡고 눈물이 나오게 웃었다. 그 모습에 나도 그만 피식 웃어버리고 말았다.

"응! 오늘도 하늘을 봤어."

그 애는 웃다가 넘쳐버린 눈물방울을 닦아내며 말했다.

"하늘에서 뭘 발견했는데?"

나도 그 아이가 궁금해지기 시작했다.

"오늘은 고양이 모양 구름을 찾으려고 했는데 고양이는 없고 웬 커다란 코끼리가 있는 거 있지?"

"코끼리?"

"응! 저번에는 원숭이 모양 구름도 봤어."

"에이, 거짓말."

"아니야, 진짜야!"

우리 둘은 잠깐 동안 서로를 바라보다 함께 웃었다. 이 아이에게는 사람을 웃게 하는 힘이 있는 것 같았다.

아픈데 어떻게 저렇게 밝게 웃을 수 있을까. 신기했다.

"넌 어떻게 그렇게 밝아?"

"응?"

"아니, 보통 아프면 잘 못 웃잖아. 근데 넌 잘 웃는 것 같길래."

그 아이는 잠깐 고민하는 듯하더니 담담하게 대답했다.

"난 앞으로 얼마나 더 살 수 있을지 몰라."

순간 그 말에 가슴에서 무언가가 쿵 떨어지는 듯한 느낌이 들었다.

"그래서 지금 많이 웃어둬야 해."

그 아이는, 하늘이는 그렇게 말하고는 나를 보며 다시 씩 웃었다. 그 아이의 뒤로 햇살이 눈부시게 반짝이고 있었다.

엄마를 만나고 집에 가기 위해 벗어두었던 패딩을

다시 주섬주섬 입고 있을 때였다.

"저…."

하늘이가 나를 불렀다.

"내일도 와?"

하늘이는 어쩐지 내가 내일도 오기를 바라는 눈빛
으로 쳐다보았다.

"응, 내일도 와."

나도 하늘이를 쳐다보며 말했다.

1월 6일

　오늘도 난 엄마를 보러 병원에 갔다. 방학이기도 하고, 다행히 이 병원은 면회 시간이 자유라 언제든지 엄마를 보러 갈 수 있었다.

　아빠는 일요일 빼고는 항상 저녁 늦게까지 양복점 문을 열어서 엄마를 챙겨줄 사람은 나밖에 없었다.

　난 이게 당연한 도리이자 엄마한테 해줄 수 있는 유일한 일이라고 생각했다.

　엄마는 나보고 매일 오지 않아도 된다고 하셨지만 사실 속으로는 내가 오는 걸 좋아할 것이다.

　오늘은 병원에 가기 전 동네 빵집에 들렀다.

　엄마는 위암 판정을 받고 항암치료를 하며 밥을 거의 드시지 못했지만 그래도 빵은 조금 맛있게 드셨다.

엄마가 제일 좋아하는 음식이 빵이기 때문이다.

난 엄마가 좋아하는 슈크림빵과 팥빵을 두 개씩 담았다. 그리고 내가 점심으로 먹을 샌드위치도 골랐다.

혹시 더 살 건 없나 싶어 이리저리 진열대를 둘러보는데 초코소라빵이 눈에 들어왔다.

'그럼! 강아지 모양 구름 찾거나, 초코소라빵 모양 구름 찾는 것도 재밌고, 그러다 운이 좋으면 무지개도 볼 수 있어.'

갑자기 하늘이가 했던 말이 떠올랐다.

'초코소라빵 좋아하나…?'

나는 엄마 것만 사 가기가 조금 그래서 하늘이 줄 초코소라빵도 함께 담았다.

"어머, 빵 사 온 거야?"

엄마는 환하게 웃으며 빵 봉지를 받았다. 빵을 꽤 드시고 싶었던 모양이다. 하긴 병원 밥이 뭐 그리 맛있다고.

엄마는 슈크림빵을 맛있게 다 드셨다.

용돈을 좀 써도 사 오길 잘했다는 생각이 들었다.

"너는? 점심 먹었어?"

"샌드위치 사 왔어. 지금 먹으려고."

"빵은 간식이지~. 왜 점심 안 먹었어."

"나 원래 점심 잘 안 먹잖아."

"그래도. 엄마가 못 챙겨주니까 네가 알아서 챙겨 먹어야지. 에휴, 옆에 있었으면 억지로라도 먹으라고 했을 텐데."

엄마는 나를 안타깝다는 눈빛으로 쳐다보았다.

나는 엄마가 나를 그런 눈으로 바라보는 게 싫었다. 곧 어딜 떠날 것처럼. 그래서 옆에 못 있어줄 것처럼 구는 게 싫었다.

"그렇게 쳐다보지 마."

"뭘~. 우리 아들 잘생겨서 그러지. 봐도 봐도 보고 싶네."

엄마는 그렇게 말하고는 내 머리를 쓰다듬었다.

분명 엄마의 손은 거친데 내 머리를 쓰다듬어 줄 때만큼은 솜보다도 부드럽게 느껴졌다.

순간 나도 모르게 울컥하고 말았다.

나는 나오려는 눈물을 막으려고 얼른 샌드위치를 한 입 베어먹었다.

입에서 맴도는 양상추에서 아삭아삭 소리가 났다.

엄마는 샌드위치를 먹는 나를 흐뭇하게 바라보았다.

샌드위치를 먹는데 초코소라빵이 생각났다.

얼른 옆 침대를 보는데 하늘이가 없었다.

"엄마, 이하늘은?"

"아, 하늘이는 오랜만에 어머니가 오셔서 지금 밑에 편의점 갔어."

그러고 보니 여길 매일 오는 동안 하늘이 부모님을 뵌 적이 없었다.

"어머니가 매일 안 오셔?"

"응. 은행원이시라는데 일이 많이 바쁜가 봐. 오늘은 토요일이라 오신 거고 평일에는 늦게 마쳐서 아예 못 오신대."

"아버지는 뭐 하시고?"

"나도 물어봤는데 같이 안 사나 보더라고…."

"아…."

나는 더 이상 엄마에게 묻지 않았다. 본인 입으로 듣는 것도 아니고, 여기서 더 물어보는 건 하늘이에 대한 예의가 아니라고 생각했기 때문이다.

난 엄마에게 초코소라빵을 건넸다.

"엄마, 이거 이하늘 오면 전해줘."

"뭐야, 하늘이 주려고 산 거야?"

"뭐, 그냥 보이길래. 엄마 것만 사면 좀 그렇잖아."

"우리 아들 착하네~. 알겠어. 오면 잘 전해줄게."

"엄마 먹는 거 봤으니까 오늘은 조금 일찍 갈게."

"그래, 늦어지기 전에 어서 들어가. 겨울이라 해가 짧아."

"응. 푹 쉬어."

나는 엄마에게 인사를 하고 병원 문을 나섰다.

하늘이한테 오늘도 온다고 그랬는데. 좀 더 기다려 볼 걸 그랬나.

1층에 있는 편의점을 둘러봤지만 하늘이는 없었다. 길이 엇갈린 것 같았다.

나는 하늘이가 올 때까지 기다리지 않은 걸 조금 후회하며 집으로 갔다.

1월 7일

오늘은 공부 좀 하라는 아빠의 잔소리에 못 이겨 문제집을 챙겨 들고 병원으로 갔다.

아빠한테 병원에 들렀다가 도서관에 간다고 했지만 사실 진짜 도서관에 갈 생각은 애초부터 없었다. 아빠 미안해.

오늘은 내가 직접 끓인 새우죽도 챙겼다.

엄마가 좋아하시겠지. 아프지만 않았으면 더 맛있는 걸 잔뜩 드셨을 텐데.

엄마 생각을 하다 보니 어느새 병원에 도착해 있었다.

병실에 들어가니 엄마가 없었다.

대신 뜨개질을 하는 하늘이가 있었다.

"안녕?"

하늘이는 나를 보더니 또 해맑게 웃으며 인사했다.

"안녕."

나도 웃으며 인사했다.

"이모 특별 프로그램 하러 가셨어."

하늘이는 내가 엄마를 찾을 걸 알고 미리 내게 알려 주었다.

"아, 그렇구나."

나는 익숙하게 침대 옆 의자에 앉았다.

"저, 빵 잘 먹었어."

"응?"

"초코소라빵."

"아, 다행이다."

난 안심하는 표정을 지었다.

"나 초코소라빵 엄청 좋아하거든! 덕분에 잘 먹었어."

"아니야, 다음에 또 사 올게."

순간 아차 싶었다. 내가 왜 빵을 또 사 오겠다고 한 거지?

하늘이도 순간 놀란 눈을 하며 나를 보았다.

"아니, 그러니까 내 말은⋯."

"고마워!"

"어?"

"고맙다고."

하늘이는 미소 지으며 내게 말했다.

그 모습이 여름날 빛나는 싱그러운 풀잎처럼 느껴졌다.

"이건 빵 준 거에 대한 보답! 둘 중에 골라봐."

하늘이는 무언가를 주섬주섬 챙기더니 내게 다가왔다. 그리고 꼭 쥔 두 주먹을 내밀었다.

"음…. 오른쪽!"

난 하늘이의 오른손을 가리켰다.

"짠! 초콜릿이야!"

하늘이의 작은 손에는 낱개로 포장된 초콜릿이 한가득 담겨 있었다.

"왼손에는 아무것도 없어?"

하늘이는 한쪽 눈을 찡그리며 재밌다는 표정을 짓고는 왼손을 폈다.

"짠! 여기도 초콜릿이야!"

하늘이의 왼손에도 초콜릿이 한가득 담겨 있었다.

"에이, 뭐야."

난 피식 웃으며 하늘이의 오른손에 담긴 초콜릿을 가져가려고 했다.

"잠깐, 두 손 다 내밀어 봐."

"왜?"

"빨리!"

난 얼떨결에 양손을 내밀었다.

그리고 하늘이는 양손에 있던 초콜릿을 모두 내 손에 부었다.

"어? 이거 다 주는 거야?"

"응! 내가 말했잖아. 보답이라고."

하늘이는 다시 하얀 이를 보이며 활짝 웃었다.

"근데 오늘은 가방 가져왔네?"

"아, 응. 공부하려고 문제집 가져왔어."

"헐~. 병원에서 공부? 완전 범생이네~."

"놀리지 마."

"알겠습니다~!"

나는 엄마가 올 때까지 문제집이나 풀고 있어야겠다고 생각했다.

"나 여기 앉아도 돼?"

하늘이는 엄마 침대를 가리키며 물었다.

"응, 편하게 앉아."

하늘이는 자신이 하고 있던 뜨개질을 가져와 침대에 걸쳐 앉았다.

"뭐 뜨고 있는 거야?"

"아, 목도리."

"누구 주려고?"

하늘이는 잠시 뜸을 들이다 말했다.

"응! 미래의 남자친구한테 주려고."

난 깜짝 놀라 하늘이를 바라보았다.

"뭘 그렇게 놀라. 농담이야, 농담. 내 거 만들고 있어."

그러게. 난 왜 놀랐을까. 그럴 수도 있는 건데.

"넌 무슨 문제집 풀어?"

"국어. 2학년 내용 미리 예습하는 중이야."

"오~. 완전 범생이."

"놀리지 말라니까."

"아 미안, 미안. 근데 좋겠다."

"공부하는데 좋긴 뭐가 좋아."

"학교 다니잖아."

순간 난 아무 말도 할 수 없었다.

하늘이는 줄곧 병원 생활을 해왔을 테니까. 하늘이도 다른 아이들처럼 학교를 다니며 평범한 생활을 하고 싶을 것이다.

"언제부터 아팠어?"

난 하늘이에게 궁금했던 것을 물었다.

하늘이는 하던 뜨개질을 멈추고 씁쓸한 표정을 짓

더니 이내 웃으며 대답했다.

"작년 4월에…. 그냥 머리가 아파서 병원에 갔더니 뇌종양이라는 거 있지."

하늘이는 담담해 보였다. 아니 담담한 척하는 걸까.

나는 아무 말 없이 하늘이의 얘기를 들어주었다.

"항암치료도 하고 이것저것 다 해봤는데 소용이 없었어. 이미 너무 늦었더라고."

"아니야, 늦지 않았어. 지금부터라도…."

나는 하던 말을 멈췄다. 이 말은 하면 안 된다. 자칫 잘못하면 하늘이에게 희망 고문이 될지도 모르기 때문이다.

나도 사실 알고 있다. 하늘이의 미래가 어떻게 될지.

난 이 아이에게 어떻게 말해줘야 할까. 어떤 말이 감히 위로가 될까.

그때 하늘이가 고민하는 내 얼굴을 읽었는지 먼저 말을 꺼냈다. 또 밝게 웃으며.

"나 괜찮아. 그렇게 아프진 않아."

순간 화가 났다. 엄마도 그렇고 왜 다 하나같이 괜찮다고만 하는 걸까. 제일 괜찮지 않은 건 본인들일 거면서 왜 다 괜찮다고 하는 걸까.

그 티 없이 해맑은 웃음에 나는 얼굴을 찌푸리고 말

왔다.

"안 괜찮잖아."

"뭐?"

"안 괜찮으면서 왜 괜찮다고 하는데."

솔직히 말하면 화가 아니라 안타까움이었다. 차라리 솔직하게 힘들다고 말했으면 했다.

힘들면서 괜찮다고 하는 그 표정을 받아들이기에는 나는 너무 어렸다.

"아니 난 진짜….."

하늘이는 말끝을 흐렸다.

"안 괜찮으면 안 괜찮다고 말해도 돼."

순간 내 말에 하늘이의 얼굴이 일그러졌다. 그리고 내가 뭐라 할 틈도 없이 하늘이의 눈에서 눈물이 흘러내렸다. 하늘이도 참고 있었던 거다. 아픔을. 힘듦을.

다른 사람에게 드러내면 그 사람까지 힘들게 하는 것일까 봐 꽁꽁 그 마음을 감춰두고 있었던 거다.

하늘이는 그 뒤로 몇 분 동안 길 잃은 어린아이처럼 펑펑 울었다.

난 당황하며 하늘이에게 서랍장에 있던 휴지를 건넸다.

"고마워….."

하늘이는 휴지를 받고는 쏟아내던 눈물을 모두 닦아냈다.

"미안, 못 볼 꼴을 보였네."

하늘이는 다시 웃으며 말했다.

"아니, 내가 미안. 널 울게 하려고 한 말은 아니었는데."

난 머리를 긁적거렸다.

"그래도 울고 나니까 기분 좋다."

하늘이는 웃으며 나를 쳐다보았다.

"다행이네."

나도 하늘이를 바라보았다.

우리는 침대 하나를 사이에 두고 서로 마음을 주고받았다.

하늘이와 더 가까워진 것 같은 기분이었다.

1월 8일

유별이 우리 집에 찾아왔다.

난 마침 병원에 가려고 준비하는 중이었다.

"야, 너 병원 가지?"

"어, 지금 가려고."

"나도 같이 갈래."

"엄마 보러 가려고?"

"이모도 뵙고…, 하늘이도 만나고…."

유별은 '하늘'이란 말을 꺼낼 때 시선을 아래로 내리더니 말을 흐리며 말했다.

난 그저 알겠다며 고개를 끄덕이고 준비하고 나올 테니 잠시만 기다리라고 했다.

옷을 챙겨입고 유별과 집을 나섰다.

유별의 표정이 왠지 어두웠다.

병원에서 하늘이를 만난 뒤로 많은 생각을 한 것 같았다.

유별에게 뭔가 얘기를 꺼내고 싶었지만 무슨 일이 있냐고 물어보는 건 의미 없는 짓인 것 같아 그냥 가만히 있었다. 먼저 병원에 가자고 한 걸 보면 유별에게도 분명 뭔가 생각이 있을 것이다.

우리는 그렇게 아무 말도 하지 않고 병원으로 갔다.

"아들, 왔어? 별이도 같이 왔구나~."

"이모, 안녕하세요. 몸은 좀 괜찮으세요?"

"그럼~. 우리 별이랑 바다 보는 것만으로도 건강해지는 기분이야."

"다행이에요. 아, 이모. 이거 드세요."

유별은 가져온 봉지에서 보온병을 꺼내더니 엄마에게 내밀었다. 뭔가 했더니 보온병이었구나.

"어머, 이게 뭐야?"

"보리차예요. 위암에 좋다길래 집에서 직접 끓여 왔어요."

"별아…."

엄마는 감동받은 듯 보온병을 옆에 내려놓고 유별의 양손을 꼭 잡았다.

난 옆에서 그저 흐뭇하게 두 사람을 바라보았다.

"이모, 잠시만요."

유별은 일어나서 옆 침대로 갔다. 그리고 닫힌 커튼 앞에 섰다.

"이하늘."

닫힌 커튼이 스르륵 열렸다.

하늘이도, 유별도 서로를 똑바로 쳐다보지 못했다.

"이거…."

그때 유별이 봉지에서 보온병을 하나 더 꺼내 하늘이에게 내밀었다.

하늘이는 이게 뭐냐는 듯한 표정으로 보온병을 받았다.

"녹차야. 뇌에 좋다고 하길래."

유별은 그렇게 말하고는 새침하게 고개를 옆으로 돌렸다.

"별아…."

"이모 거 끓이면서 같이 끓인 거야. 집에 녹차가 남아 있길래…."

유별도 참. 주고 싶었다고 하면 될걸. 솔직하지 못하다.

"별아, 진짜 고마워."

하늘이는 유별에게 맑은 미소를 건넸다.

"아니야, 저번에 그냥 가버려서 미안했어."

"미안해하지 마. 괜찮아."

그렇게 두 사람은 웃음을 되찾은 것 같았다.

1월 12일

유별은 그날 이후로 며칠 동안 계속 나와 함께 병원에 갔다.

유별이 자기 학원 끝날 때까지 기다려 달라고 졸라서 나도 하는 수 없이 평소보다 병원을 늦게 가게 되었다.

유별은 나와 돈을 반씩 내며 엄마와 하늘이에게 줄 먹을 것을 매일 사 갔다. 죽이며 빵이며 과일이며 다양하게 사느라고 동네를 다 돌아다닌 것 같았다.

유별은 하늘이네 엄마가 자주 못 오시니까 우리라도 많이 챙겨주자고 했고 나는 그 말에 동의했다.

매일 맛있는 걸 사 가는 덕분에 엄마도 하늘이도 좋아했다. 좋아하는 모습을 보니 내가 다 뿌듯했다.

우리는 맛있는 걸 나눠 먹으며 하루 종일 수다를 떨었다.

점점 병실 분위기가 밝아지는 것 같았다.

오늘은 잠에서 일찍 깨어나 좀 이르지만 병원에 가기로 했다.

유별은 오늘 학원에서 특강이 있어 늦게 마칠 것 같다고 아쉽지만 나 혼자 병원에 가라고 했다.

오늘은 뭘 사갈까 하다가 마실 거를 사 가자 싶어 병원 1층에 있는 편의점에 들렀다.

엄마한테는 토마토주스를 사 주면 되고, 하늘이한테는 뭘 사 줄까 고민하는데 초코우유가 보였다.

초코소라빵을 좋아하니 초코우유도 좋아하겠지 싶어 얼른 바구니에 담았다.

병실에 가니 오늘도 침대에 엄마가 없었다. 그리고 하늘이는 한결같이 그 자리에 있었다.

"안녕?"

오늘은 내가 먼저 인사를 건넸다.

"안녕!"

하늘이는 읽고 있던 책에서 눈을 떼고 나를 바라보았다.

"엄마 오늘도 어디 가셨어?"

"아, 이모 지금 휴게실에 계실 거야. 다른 분들이랑 같이 티비 보고 계실걸?"

엄마는 이제 완전히 이곳 생활에 적응한 모양이었다.

"아, 그렇구나."

난 오늘은 의자에 앉지 않고 엄마 침대에 걸쳐 앉았다. 하늘이와 마주 볼 수 있게.

난 편의점 봉투에서 초코우유를 꺼내 하늘이에게 내밀었다.

"자, 이거 마셔."

"오늘도 사 온 거야? 안 사와도 되는데….'

"괜찮아. 받아."

"고마워. 잘 마실게."

하늘이는 초코우유를 뜯어 한 모금 들이켰다. 난 그 모습을 그저 계속 바라보았다.

"네 건 없어?"

"아, 배 안 고파서."

사실 용돈이 조금 모자랐다.

요즘 매일매일 먹을 걸 사느라 돈을 쓰다 보니 그런 것 같았다.

죄송하지만 아빠한테 용돈을 조금만 더 달라고 해

야겠다.

그때 내 배에서 꼬르륵 소리가 났다.

아침을 먹고 올걸 그랬나.

하늘이가 나를 쳐다보았다.

나는 민망해져 시선을 위로 돌렸다.

"하하하!"

"야, 왜 웃어!"

"미안. 배고프면서 왜 배 안 고프다고 해."

"아니 그냥⋯."

"다른 건 없고, 이거 먹을래?"

하늘이가 나한테 저번에 주었던 초콜릿을 한 움큼 내밀었다.

"너 진짜 초콜릿 좋아하는구나?"

"응! 밥 대신 초콜릿만 먹을 수도 있어."

"그건 별로 안 좋은 것 같은데."

"알고 있거든요~. 어쨌든 받아. 배가 다 채워지지는 않겠지만 맛은 있을 거야."

하늘이가 저번에 준 초콜릿도 맛있어서 하나둘씩 까먹다 보니 금세 다 먹어치웠었다.

"아!"

하늘이가 건네는 초콜릿을 받으려는 찰나, 갑자기

하늘이가 눈을 질끈 감고 소리쳤다.

"왜, 왜 그래?"

"아니, 괜…아아!"

하늘이는 쥐고 있던 초콜릿을 바닥에 몽땅 떨어뜨
렸다. 그리고 자신의 머리를 세게 부여잡았다.

"이하늘! 하늘아, 괜찮아?"

"아아…!"

하늘이는 아예 침대에 몸을 숙이고 고통스러워했다.

난 순간 당황해 어쩔 줄 몰랐다.

그때 마침 엄마가 병실에 들어왔다.

"바다 왔…, 어, 하늘아!"

엄마는 하늘이에게로 달려왔다.

"하늘아, 괜찮니? 바다야, 선생님 좀 불러와."

"아, 응!"

난 서둘러 선생님을 부르러 갔다.

곧 선생님이 들어오시고, 하늘이의 상태를 확인했다.

"하늘아, 진통제 넣어줄게. 잠시만 참아."

그렇게 하늘이는 진통제를 맞고 진정된 듯했다.

진통제를 맞고 괜찮아진 하늘이의 얼굴은 아이러니
하게도 기진맥진해 보였다. 눈은 풀려 있었고. 호흡이
가빴다.

하늘이에게 괜찮냐고 물어볼 틈도 없이 하늘이는 잠에 들었다.

엄마는 이 상황이 익숙하단 듯이 옆에서 하늘이를 지켜보고 있었다.

그제서야 인지했다. 여기가 병원이라는 사실을. 그것도 생이 얼마 남지 않은 환자들이 있는 곳임을.

나는 이 병실에서 다 함께 맛있는 걸 먹고 얘기를 나누는 순간들이 너무 편하고 좋아 순간 잊어버리고 있었던 거다.

"엄마, 이하늘…. 많이 아파?"

난 알면서도 왜 그런 질문을 했을까.

그저 많이 아프지 않기를 바라는 마음에 확인하고 싶었던 걸까.

"응, 그렇지…. 실은 너나 별이 없을 때 많이 아파했어. 갈수록 통증 주기가 잦아지는 것 같아."

"약 먹어도 안 괜찮아져?"

"여기선 그냥 진통제만 놔줄 뿐이야. 이 병원은 항암치료를 하는 게 목적이 아니니까."

나는 고개를 숙이고 아파했던 하늘이의 얼굴을 다시 떠올렸다. 내가 다 아픈 기분이었다.

그리고 깨달았다.

난 어느 순간부터 하늘이가 아프지 않았으면 좋겠다고 생각하고 있었다.

하늘이가 울지 않기를, 계속 그 해맑은 미소를 짓기를 간절히 바라고 있었다.

난 하늘이가 깨지 않게 조심히 다가가 자는 하늘이의 얼굴을 바라보았다.

그리고 결심했다.

이 아이를 아프지 않게 해줄 수는 없어도 적어도 슬프게 만들지는 않을 거라고. 행복하게 만들어 줄 거라고. 내가 지켜줄 거라고.

1월 13일

하늘이가 좋아하는 초콜릿을 사 들고 병실에 갔다.
물론 엄마 드릴 죽도 챙겼다.

엄마는 어제 나한테 돈을 너무 많이 쓰지 말라고 말
했지만 난 기어코 아빠한테 용돈을 더 받았다. 엄마랑
옆자리에 있는 친구한테 먹을 것을 사다 줄 거라고 하
니 흔쾌히 주셨다.

유별은 오늘 가족끼리 놀러 간다고 해 나 혼자 병원
에 갔다.

"엄마, 죽 가져왔어. 오늘은 쇠고기죽이야. 냉장고
에 고기 남은 게 있길래 내가 끓였어."

나는 '내가'를 강조했다. 엄마는 죽을 한 입 먹더니
감탄하며 말했다.

"네가 직접 끓인 거라고? 완전 죽집에서 파는 것 같은데? 솜씨 많이 늘었다, 우리 아들~."

"뭘, 그냥 영상 보고 따라 만든 거야."

그러면서도 난 내심 기분이 좋아 올라간 입꼬리를 감추지 못했다.

난 하늘이 침대의 커튼이 쳐져 있는 걸 보고 조용히 엄마한테 물었다.

"엄마, 이하늘 자?"

"아니, 아마 안 잘 거야. 좀 전에 점심시간이었으니까."

엄마는 하늘이 침대 쪽을 슬쩍 보고는 말을 이었다.

"근데 점심을 통 못 먹더라고. 어제 이후로 기분이 영 안 좋은 것 같던데…. 바다 네가 하늘이한테 말 좀 걸어볼래?"

"엄마 죽 다 먹는 거 보고."

"엄만 휴게실 가서 먹을게. 지금 말 한번 걸어봐."

"알겠어."

사실 나도 빨리 하늘이에게 말을 붙이고 싶었다.

엄마가 죽을 들고 휴게실로 가는 걸 보고 나서 나는 하늘이의 침대로 다가갔다.

"이하늘."

근데 아무 대답도 들리지 않았다.

커튼도 굳게 닫혀 있었다.

난 한 번 더 하늘이를 불렀다.

"이하늘?"

"…왜?"

말투가 차가웠다. 마치 날 보고 싶지 않다는 것처럼.

"커튼 열어봐. 줄 거 있어."

"필요 없어."

"왜 그래? 무슨 일 있어?"

"필요 없다고."

난 그 말에 못 참고 커튼을 젖혔다.

하늘이가 매서운 눈으로 나를 바라봤다. 아니다, 슬 픈 얼굴이었던 것 같기도 하다.

"너 오늘 왜 그래."

"내가 뭘."

"이거 받아."

난 편의점에서 사 온 초콜릿 봉지를 건넸다.

"이거 맞지? 네가 나한테 줬던 초콜릿."

"…"

하늘이는 아무 말 없이 초콜릿을 바라보았다.

"뭐 해, 받아."

"됐어."

"사 온 건데 받아."

난 하늘이에게 더 가까이 손을 내밀었다.

"아, 안 먹는다고!"

하늘이는 내 손을 뿌리쳤다. 그 바람에 초콜릿 봉지가 바닥에 떨어지고 말았다.

순간 병실에 고요한 공기가 흘러넘쳤다.

"내가 안 먹는다고 했잖아."

하늘이는 나에게서 고개를 아예 돌려버렸다.

"너 초콜릿 좋아한다며."

"어차피 죽을 건데 초콜릿 많이 먹어서 뭐 하냐고!"

하늘이는 내게 소리쳤다. 말로 형용할 수 없을 정도로 세상에서 가장 슬픈 표정을 지으며. 그리고 하늘이의 눈에서 눈물방울이 떨어졌다.

"너한테 보이고 싶지 않았어. 아픈 모습….."

하늘이는 고개를 떨구며 말했다.

난 그런 하늘이를 말없이 바라보았다.

"나, 나 말이야. 널….."

"좋아해."

"어?"

"이하늘, 널 좋아해."

하늘이가 흘리던 눈물을 멈추고 고개를 들었다.

"그러니까 나한테는 아픈 모습 보여도 돼."

하늘이는 잠시 입을 꾹 다물었다. 그리고 다시 아래를 쳐다보았다.

"안 돼."

"뭐가 안 돼."

"너도 알잖아. 내가 어떻게 될지."

"그게 무슨 상관인데."

"나 죽는다고, 얼마 못 산다고!"

"그럼 좋아하면 안 돼?"

하늘이는 잠시 아무 말도 하지 않았다.

"나 네가 아픈 걸 고쳐줄 수는 없어도 행복하게 만들어 줄게."

"…."

"널 지켜주고 싶어."

나는 땅에 떨어진 초콜릿 봉지를 주웠다. 그리고 하늘이의 눈높이에 맞춰 쭈그리고는 하늘이의 손 위에 초콜릿을 올려놓았다.

"네가 아프든 안 아프든 내가 옆에 있을게. 그러니까 이 초콜릿 받아."

하늘이는 그제서야 내 눈을 제대로 쳐다봤다.

열린 창문에서 따스한 겨울바람이 밀려 들어왔다.

1월 30일

엄마가 퇴원했다. 퇴원하고 싶어서 한 건 아니고, 호스피스 병동은 원래 입원 기간이 최대 60일로 정해져 있기 때문이다. 그래서 12월에 입원한 엄마는 오늘 퇴원을 해야 했다.

다행히 엄마는 병원 생활에 잘 적응하셨고, 선생님들로부터 잘 케어를 받아서 그런지 상태가 더 나빠지진 않았다.

엄마는 병원 생활을 한번 경험해 봤으니 이제는 병원이 아닌 집에 있고 싶다고 했다.

병원에서 엄마는 늘 웃고 있었지만 그래도 분명 병원 생활이 답답했을 것이다.

이제 나도 엄마를 더 잘 돌볼 수 있게 되어 좋았다.

그래도 병원은 똑같이 매일 가야 했다. 왜냐하면 그곳에는….

"왔어?"

"응, 나 왔어."

나를 보고 밝게 웃는 하늘이가 있었으니까.

"뭐 해?"

"책 읽고 있지~."

"점심 많이 먹었어?"

"음, 다는 못 먹고 반 정도 먹었어."

"배불러?"

"배부르니까 남겼지."

"그래도 이건 먹을 거면서."

난 가방에서 초코소라빵 두 개를 꺼냈다.

"헉 대박. 나 주려고?"

"그럼 너 주지, 누구 줘. 근데 너 배부르다며."

"간식 배는 따로 있는 법!"

"그래. 먹으면서 산책하러 갈까?"

"완전 좋아!"

하늘이가 패딩을 입는 동안 난 휠체어를 하늘이 옆에 가져왔다. 그리고 하늘이의 한쪽 팔을 잡고 부축해 휠체어에 앉혔다.

뇌종양의 증상 중 하나인 편마비가 점점 더 심해지는 것 같았다.

우리는 1층으로 내려가 병원 입구 문을 열고 밖으로 나갔다.

다행히 바람이 많이 불진 않았다.

난 하늘이의 뒤에서 휠체어를 밀었다.

그리고 병원 주위를 천천히 돌기 시작했다.

난 저번에 하늘이에게 하고 싶은 게 있냐고 물었다. 하늘이는 내 질문에 밖에서 산책을 하고 싶다고 했다.

산책을 하려면 뒤에서 휠체어를 밀어줄 사람이 필요한데 그동안 엄마가 병원에 자주 오지 못해 산책을 못 했다면서.

창문 열고 바람 쐬는 거 말고 매일매일 바깥 공기를 직접 온몸으로 느끼고 싶다고 했다.

난 그래서 하늘이에게 약속했다. 내가 휠체어를 밀어줄 테니 매일 같이 산책하자고.

"진짜 이거면 충분해?"

"응? 뭐가?"

"산책하는 거. 네가 원하는 게 이게 다냐고."

"응, 여기서 뭘 더 바라겠어. 이 몸으로 어차피 병원 밖에 나가는 것도 힘들고. 그냥 너랑 같이 있는 것만으로도 충분해."

하늘이는 뒤를 돌아 나를 쳐다보고 웃었다.

나도 하늘이를 보고 미소 지었다.

"그래도 뭐든 말해봐. 할 수 없는 거라도 다 해줄게."

"할 수 없는 걸 어떻게 해줘."

"해줄 거야."

하늘이는 한참 동안 고민하는 듯했다. 그리고 대답했다.

"음…. 너랑 영화 보고 싶어."

"영화?"

"응, 나 원래 다른 사람이랑 같이 영화 보는 거 엄청 좋아하거든."

하늘이는 순수한 어린아이처럼 웃으며 말했다.

하늘이의 소원은 너무 소박했다. 나를 생각해서 일부러 작은 소원을 얘기하는 걸까. 너무나도 작은 그 소원에 나는 너무나도 커다란 안타까움을 느꼈다.

"그래, 얼마든지. 내일 노트북 가져올게."

"응! 고마워."

우리는 그렇게 언제 끝날지 모르는 하루하루를 쌓아가고 있었다.

2월 9일

오늘도 우리는 노트북으로 영화를 봤다. 하늘이가 좋아하는 옛날 로맨스 영화였다.

영화의 여자 주인공은 젊은 나이에 알츠하이머 치매에 걸렸다. 하지만 남자는 여자를 너무나 사랑했고, 여자의 곁에서 늘 여자를 지켜주었다.

우리는 영화가 끝나갈 무렵이 되니 둘 다 눈물을 머금고 있었다.

"진짜 이 영화는 몇 번을 봐도 슬퍼."

"그러게."

나는 웬만해서는 눈물을 흘리지 않는데 이 영화에는 결국 눈물을 내어주고 말았다.

영화를 다 보고 노트북을 정리하는데 하늘이가 내

게 물었다.

"바다야, 넌 내가 없어지면 나 평생 기억할 거야?"

"뭘 그런 걸 물어. 너 안 없어져."

"아니, 진지하게."

하늘이는 진짜 진지한 눈빛으로 나를 빤히 쳐다보았다. 나는 뜸 들이다 말했다.

"…안 잊어버려."

"진짜?"

"응. 절대 안 잊어버려."

난 하늘이를 바라보면 눈물이 나올까 봐 애써 하늘이에게서 고개를 돌렸다.

"바다야, 잊어버려."

난 하늘이의 말에 당황해서 하늘이를 다시 쳐다보았다.

"잊어버려. 그리고 더 좋은 사람 만나, 꼭."

나는 말도 안 되는 소리 하지 말라고 반박하고 싶었지만 아무 말도 할 수 없었다. 하늘이가 나를 너무 간절하게 바라보고 있었기 때문이다.

난 급히 화제를 돌렸다.

"하늘아, 넌 만약 퇴원하면 뭐를 제일 먼저 하고 싶어?"

"응? 난…."

하늘이는 꽤 오래 고민했다.

"옷 사러 가기!"

"옷?"

"응! 나 원래 옷 사는 거 좋아하거든. 기분 안 좋을 때마다 옷 하나씩 사면 기분 바로 좋아져."

그러고 보니 난 하늘이의 병원복 차림만 봤다. 하늘이도 병원복 차림이 지겨울 것이다. 하늘이가 다른 옷 입은 모습을 보고 싶었다.

"걱정 마. 그 소원 내가 들어줄게."

"어떻게?"

"내가 이 세상에서 단 하나뿐인 옷을 만들어 줄게."

"진짜?"

"응, 그러니까 내 선물 받을 때까지 건강하게 있어. 퇴원하면 옷 입고 같이 놀러 가자."

하늘이는 순간 대답을 망설이는 표정을 지었다. 하지만 이내 평소처럼 활짝 웃으며 말했다.

"응! 좋아!"

2월 15일

저녁 늦게까지 아빠 양복점에 있었다.

하늘이에게 옷을 만들어 선물해 주고 싶다는 내 말을 듣고 아빠는 두 팔 걷고 나서서 내가 옷 만드는 걸 도와주었다.

"평소엔 아빠 가게에 관심도 없던 네가 옷을 다 만든다고 하다니, 해가 서쪽에서 뜨겠어."

"뭐, 마음은 언제든지 바뀔 수 있는 거니까."

"이왕 만들기로 한 거 지금 잘 배워놔. 나중에 네가 아빠 양복점 물려받을지 어떻게 아냐?"

"에이, 그럴 일은 없거든요."

옷을 어느 정도 만들고 난 뒤 집에 들어갔다. 집에 가니 엄마가 소파에 누워 티비를 보고 있었다.

"바다 왔어? 옷 만들고 오는 거야?"

"응, 오후부터 계속 만들었어."

난 엄마 옆에 가서 앉았다.

갑자기 엄마가 일어나 앉더니 내 머리를 쓰다듬었다.

"바다야, 하늘이가 그렇게 좋아?"

난 말없이 고개를 끄덕였다. 엄마랑 이런 대화를 나누다니. 귀가 빨갛게 달아오르는 게 느껴졌다.

"그래. 엄마도 하늘이 참 밝고 좋더라."

"맘에 든다니 다행이네."

엄마는 나를 빤히 쳐다보더니 말했다.

"바다야, 하늘이한테 잘해줘. 네가 엄마 챙겨주는 건 너무 고마운데 이젠 하늘이를 더 챙겨주면 좋겠어."

"왜? 둘 다 잘 챙기면 되지."

"바다야, 실은 하늘이…."

엄마는 한숨을 한번 쉬더니 말을 이어갔다.

"엄마보다 더 오래 못 살지도 몰라."

2월 16일

한 번도 물어본 적이 없었다. 언제 시한부 선고를 받았는지. 얼마나 살 수 있는지.

그런 건 물어보는 게 아니라고 생각했다. 그리고 사실 인생이란 건 어떻게 될지 모르는 거니까, 내가 먼저 그 애보다 죽을 수도 있다고 그렇게 생각했다.

엄마는 하늘이와 대화하다 어쩌다 보니 알게 되었다고 했다.

하늘이가 시한부 인생 3개월이 남았을 때 호스피스 병원에 입원했다는 걸.

하늘이는 이미 입원한 지 두 달이 다 되어갔다. 그러니까 이 아이한테는 앞으로 살날이 한 달도 채 남지 않았다는 뜻이다.

그러고 보니 하늘이는 하루가 지날수록 힘이 없어지는 것 같았다. 피곤하다고 해서 산책을 안 한 날도 있었고, 나랑 있을 때 두통을 호소하는 것도 잦아졌다.

그런데도 난 하늘이가 몸이 더 나빠지고 있다는 걸 제대로 눈치채지 못했다. 그냥 지금 병에 걸렸으니까 그럴 수도 있다고만 생각했다.

후회가 밀려왔다. 진작에 물어볼걸.

아직 해주지 못한 게 산더미 같은데.

같이 산책하고 영화 보는 것밖에 못 했는데.

하지만 후회하는 것도 잠시였다.

난 얼른 옷을 갈아입고 병원으로 가는 버스를 탔다.

빨리 하늘이에게 가야 했다. 그리고 한 시간이라도 더 하늘이 곁에 있어야 했다.

2월 20일

"하늘아, 나 왔어."

"어서 와!"

난 손을 뒤로 감춘 채 하늘이 옆에 있는 의자에 앉았다.

"뒤에 뭐야? 뭘 감추고 있는 거야~. 빨리 보여주지 못할까!"

하늘이는 내 몸을 간지럽혔다. 나는 그에 못 이겨 손을 앞으로 내밀었다.

"아, 알았어, 알았어. 자!"

"헉, 이게 뭐야?"

하늘이는 내가 건네는 꽃다발을 기뻐하며 받았다.

"매쉬 메리골드야."

"음~. 향기 좋다."

"이 꽃의 꽃말이 뭔지 알아?"

"뭔데?"

"'반드시 오고야 말 행복'이야."

"와, 꽃말 진짜 예쁘다."

"꽃말이 너랑 어울려서 사 왔어."

"나랑?"

"응, 너한테는 반드시 행복이 올 테니까."

나는 스스로도 그 말을 하고 쑥스러워 천장을 바라
보았다.

"고마워! 이거 꽃병에 꽂아둬야겠다."

"그래. 그럼 오늘은 뭐 할까?"

"음…, 난 뜨개질하고 싶은데 같이 하자!"

"나도?"

"응! 난 뜨던 거 겨울이 가기 전에 빨리 완성시켜야
하거든. 내가 어떻게 하는지 가르쳐 줄게!"

"그래, 같이 하자."

뭐든 상관없었다. 하늘이가 좋아하는 거라면 나도
좋았다.

그렇게 우리는 뜨개질을 하기 시작했다. 나도 뜨개
질 방법을 점점 익혀갈 때쯤 하늘이가 내게 물었다.

"바다야, 넌 내가 왜 좋아?"

"갑자기 무슨 소리야."

"난 머리카락도 없고, 그렇게 예쁘지도 않은데 내가 왜 좋나 싶어서."

"사람 좋은데 이유가 어디 있어. 난 그냥 너라서 좋은 거야."

난 그런 말을 한 스스로에게 놀라 얼굴을 긁적거렸다.

"오~. 멋진 대답인데요, 한바다 씨?"

하늘이는 놀리듯 말했다. 그래도 확실히 기분은 좋아 보였다.

"그럼 너는 내가 왜 좋은데?"

"나도 그냥! 너라서."

"네, 역시 멋진 대답입니다, 이하늘 씨."

우리는 서로를 바라보며 한참 동안 웃었다.

하늘에서는 올해 첫눈이 내리고 있었다.

2월 26일

"생일 축하합니다. 생일 축하합니다. 사랑하는 하늘이. 생일 축하합니다~!"

"하늘아, 빨리 초 불고 소원 빌어!"

"후~!"

오늘은 하늘이의 생일이었다. 하늘이 어머니와 유별, 그리고 나 셋이서 하늘이의 생일을 축하했다.

"소원 뭐 빌었어?"

유별이 하늘이에게 물었다.

"비밀이야!"

하늘이는 싱그럽게 웃으며 대답했다.

우리는 하늘이 어머니가 사 오신 초코케이크를 나눠 먹었다.

케이크를 다 먹은 우리는 하늘이에게 각자 준비해 온 선물을 주었다.

하늘이 어머니는 하늘이에게 커다란 인형을, 유별은 네잎클로버 장식이 달린 목걸이를, 그리고 난 털방울이 달린 비니를 선물해 주었다.

"우와, 이 비니 네가 직접 만든 거야?"

"응, 아빠 가게에서 만들었어."

하늘이는 쓰고 있던 비니를 벗어 던지고는 내가 만든 비니를 만족스럽다는 듯 썼다.

비니를 쓰고 웃는 그 모습이 너무나 사랑스러웠다.

하늘이 어머니와 유별은 케이크를 다 먹고 먼저 집에 들어갔고, 나는 하늘이와 좀 더 시간을 보내기로 했다.

"선물 마음에 들어?"

"응! 너무너무 좋아. 너무 예뻐."

"진짜 선물은 따로 있어."

"응? 뭔데?"

"내일 네가 직접 봐."

"아, 궁금한데~."

"지금은 비밀이야."

그렇게 말하고 우리는 동시에 서로를 쳐다봤다. 아

무 말도 하지 않았지만 서로의 마음을 읽기라도 한 듯
우리는 같이 미소 지었다.

먼저 입을 연 건 하늘이었다.

"바다야."

"응?"

"진짜 사랑해."

"…나도 사랑해."

우리는 그렇게 사랑을 고백했다.

창밖에서는 하얀 눈이 다이아몬드처럼 빛나며 내리
고 있었다.

그리고 그날 밤을 끝으로 더 이상 눈은 내리지 않았다.

하늘

5월 2일

평범한 날이었다.

봄 햇살이 가득히 밀려오던 4월, 그냥 평소보다 조금 더 심하게 편두통이 온 날이었다.

약을 먹어도 도저히 나을 생각이 없길래 학교가 끝나자마자 동네 병원에 갔다.

의사 선생님은 두통 말고 다른 증상은 없냐고 물어보셨다.

그러고 보니 컨디션이 안 좋아서 그런지 요즘 들어 몸 한쪽에 힘이 빠지는 듯한 느낌이 자주 들었다.

딱히 상관은 없는 것 같았지만 머리가 자주 아픈 것도 그렇고, 몸살인가 싶어 증상을 말씀드렸다.

선생님은 내 말을 듣고 잠시 고민하는 듯하더니 소

견서를 써줄 테니까 여기 말고 큰 병원에 가보라고 말씀하셨다.

그렇게 며칠 뒤에 엄마와 큰 병원에 갔다. 병원에 갔더니 CT를 찍어봐야 한다고 했다.

엑스레이와 CT는 뭐가 다른 걸까 생각하며 검사를 받았다. 그때까지만 해도 별생각은 없었던 것 같다.

그리고 검사 결과가 나왔다.

의사 선생님은 잠시 머뭇거리더니 말씀하셨다.

아직도 선생님이 했던 말씀이 생생하게 들린다.

"더 정확한 건 MRI까지 찍어봐야 알겠지만 지금 CT 상으로 봤을 때는 뇌종양입니다. 뇌종양 중에서도 악성 신경교종이라고 하는데요."

순간 세상 모든 소리가 들리지 않았다. 웅웅거리는 진동만 느껴졌다.

눈앞이 흐려졌고, 생각이 멈추었다.

제대로 검사를 하는 데만 한 달이 걸렸다. 엄마는 내가 검사를 받는 내내 나를 보며 울었다.

난 수동적으로 움직였다. 검사를 하라고 해서 검사를 받았고, 항암치료를 해야 한다고 해서 치료를 했다.

아무 생각도 들지 않았다.

머리카락을 다 밀어버릴 때도, 제대로 된 치료를 위

해 학교를 자퇴한 오늘도 아무렇지 않았다.

제대로 실감이 난 건 오늘 항암치료를 마치고 집에 들어가는 길이었다.

집 근처 병원에 다녔기 때문에 차를 타지 않고 엄마와 걸어 다녔다.

엄마는 회사 일이 바쁜 와중에 반차를 써가며 나와 병원에 가주었다.

치료를 마치고 나오는데 내리쬐는 햇살이 너무나 눈부셨다. 마치 나보고 하늘로 같이 올라가자는 것처럼 햇살은 나를 유인했다.

불어오는 바람에서는 봄내음이 향긋했고, 곧 내 온몸을 휘감았다.

병원 앞에 있는 빵집에서는 갓 구운 빵 냄새가 진동했고, 전봇대 위에서는 어린 새들이 노래를 부르고 있었다.

하늘은 푸르렀고, 벚꽃이 다 진 나무에서는 싱그러운 초록빛의 새순이 돋아나고 있었다.

그리고 사람들은 하하 호호 웃으며 각자의 행복을 찾아 걸어갔다.

그런데 나만, 나만 다른 세상에 동떨어져 있는 기분이었다.

이제 난 아침마다 빗으로 긴 머리카락을 반듯하게 정돈할 수 없었고, 학교에서 친구들과 웃으며 매점에 갈 수도 없었으며, 병원에 다니느라 예쁜 옷을 입고 놀러 갈 수도 없었다.

걸어가다 건물 앞 유리창에 비친 내 모습을 보았다.

매일 치마를 즐겨 입던 내 모습은 온데간데없고, 후드티에 추리닝 바지를 입은 초라한 나만이 남아 있을 뿐이었다.

그제서야 깨달았다. 내가 아프다는 사실을. 내가 곧 죽는다는 사실을.

의사 선생님은 말했다. 상황이 좋지 않다고. 뇌종양 말기라고 했다. 그러면서 덧붙였다. 앞으로 길어야 1년밖에 살지 못할 거라고.

그냥 말도 안 되는 소리라고 생각했다. 머리가 좀 아픈 거 가지고 죽는다고? 의사 선생님이니까 경각심을 가지라는 의미에서 일부러 더 심각하게 말씀하신 거겠지.

그렇게 난 합리화하고 있었다.

병원 앞 길거리의 모습이 너무나 따뜻해서 난 엄마에게 이렇게 물어보고 말았다.

"엄마, 나 이제 이런 거 다 못 봐?"

"응?"

"햇살이 비추는 것도, 나무도, 새도, 사람들도. 다
못 봐?"

엄마는 내 질문에 대답하는 대신 얼굴을 일그러트
렸다.

그리고 그 자리에 주저앉아 나를 꼭 껴안았다. 엄마
가 우는 소리가 저 전봇대 위의 새한테까지 들릴 것
같았다.

그 뒤로 며칠 동안 모든 걸 잃은 사람처럼 누워만
있었다.

밥도 먹지 않고, 병원도 가지 않았다. 엄마는 꼭 잠
긴 방문 너머로 계속해서 나를 불렀다.

"하늘아, 병원 가야 해, 응? 빨리 나와 봐. 엄마가 죽
끓였어. 죽 먹고 병원 가자, 하늘아. 제발….."

난 아무 말도 하지 않았다.

그냥 이불을 뒤집어쓰고 아무것도 보지 않으려고,
아무것도 듣지 않으려고 안간힘을 쓰고 있었다. 또다
시 따뜻한 세상을 느끼게 된다면 이 세상에 미련이 남
을 것 같았다.

결국 엄마가 문을 따고 들어왔다.

엄마는 들어오자마자 내게 소리쳤다.

"이하늘, 너 진짜 이럴 거야?"

슬픔에 가득 찬 목소리로.

난 묵묵히 이불 속 자리를 지키고 있었다.

엄마는 내가 덮고 있던 이불을 걷어내고는 내게 애원하기 시작했다.

"하늘아, 제발 이러지 마….'

엄마는 무릎을 꿇고 있었다.

"엄마, 일어나.'

"그러니까 병원 가자, 응? 너 치료받아야 해.'

엄마는 억지로 내 손을 잡아끌었다. 난 그런 엄마의 손을 뿌리쳤다.

"하지 마! 어차피 죽을 건데 치료받아서 뭐 하는데!'

난 내가 아프다는 걸 안 순간부터, 곧 죽는다는 걸 인지한 순간부터 줄곧 체념하고 있었던 거다. 그래서 아무렇지 않아 보였던 거다. 하지만 아니었다. 난 그 누구보다 내 아픔에 동요하고 있었다.

"엄마…. 나 죽기 싫어….'

눈에서 눈물이 쏟아져 나왔다. 파도처럼 밀려 내려왔다.

그렇게 엄마와 난 한참을 껴안고 울었다. 애석하게도 창문에서는 또 따스한 햇살이 밀려 들어오고 있었다.

1월 1일

새해 아침이 밝았다.

난 결국 항암치료를 포기했다. 엄마를 위해서도 나를 위해서도 그게 나을 것 같다는 판단을 했기 때문이다.

엄마도 일을 해야 하는데 언제까지고 반차를 쓰면서 같이 병원에 가줄 수는 없는 노릇이었고, 무엇보다 항암치료를 계속 하는데도 나아질 기미가 전혀 보이지 않았기 때문이다.

이제 의사 선생님이 말한 1년 중 3개월 만이 남아 있었다.

지금까지는 어떻게 잘 버텨왔지만 언제 죽어도 이상하지 않은 상황이었다.

나는 암에 대해 인터넷을 찾아보다 호스피스 병원

이라는 게 있다는 걸 알게 되었고, 호스피스 병원에
입원시켜 달라고 엄마한테 부탁했다.

　엄마도 내가 무슨 마음으로 입원시켜 달라고 하는
지 이해한 듯했고, 입원하기로 결심한 바로 며칠 뒤인
오늘 난 병원에 들어왔다.

　배정받은 302호실로 들어가니 아주머니가 한 분 계
셨다. 난 먼저 인사를 건넸다.

"안녕하세요."

아주머니는 웃으며 반갑게 나를 맞아주었다.

"안녕~. 오늘 입원하는 거니?"

"네, 잘 부탁드려요."

"나야말로 잘 부탁해. 아, 편하게 이모라고 불러."

"네, 그럴게요."

아주머니도 아프셔서 여기 오신 거일 텐데 하나도
아픈 기색이 보이지 않았다. 오히려 건강한 사람보다
도 더 활짝 웃으시는 듯했다.

　나도 저렇게 웃고 싶었다.

1월 2일

점심을 먹으려고 하는데 머리가 너무 아파 얼마 먹지 못하고 숟가락을 내려놓았다. 사실 입맛이 없어 아침도 거의 먹지 못했다.

나는 밥을 치우고 책을 읽으려고 서랍장을 열었다. 그런데 서랍장에 못 보던 토마토주스가 있는 것을 발견했다. 엄마가 어젯밤 내가 잠들었을 때 사 놓고 간 모양이었다. 난 토마토주스라도 마시자 싶어 병을 하나 꺼냈다.

그때 병실 문이 열리는 소리가 났다.

"엄마, 나 왔어."

"아들, 왔어?"

누구지? 아들? 아주머니 아들이 왔나? 나는 자연스

레 두 사람의 대화에 귀를 기울이게 되었다.

"엄마 몸이나 걱정해. 자, 이거. 야채죽이야."

오~. 죽까지 가져왔어? 완전 효자네.

난 아주머니 아들이 누군지 궁금해 토마토주스를 핑계로 커튼을 젖혔다.

"아주머니, 이거 하나 드실래요? 엄마가 저 자는 사이에 놓고 간 것 같은데…."

"어머, 고마워. 나 토마토주스 엄청 좋아하거든~. 그리고 아주머니 말고 이모라고 불러."

"아직 익숙하지 않아서요. 이제 이모라고 부를게요."

난 아주머니에게 말하면서도 눈은 아주머니의 아들에게로 향하고 있었다.

"어?"

자세히 보니…, 바다다. 바다가 눈앞에 서 있었다.

"바다야, 인사해. 어제 왔어. 하늘이야."

아는척해도 되나? 하지만 바다는 날 모를 텐데….
난 순간 뭐라 반응해야 할지 몰라 바다를 보며 눈만 깜박거렸다. 난 일단 인사부터 하자 싶어 먼저 말을 건넸다.

"안…녕?"

하, 뭐야, 이하늘! 말을 왜 질질 끌고 난리야! 이럼 이상하게 보일 거 아니야….

"어, 안녕."

다행히 바다는 내 어색한 인사를 받아주었다.

"둘이 잘 지내면 좋겠다. 바다도 거의 매일 여기 오니까."

난 바다와 아주머니 둘이 얘기 나누라고 말하고는 커튼을 쳤다.

역시 바다가 아주머니, 아니 이모 아들이었구나. 이런 우연이 다 있나.

하지만 난 내심 기분이 좋았다. 바다를 매일 볼 수 있겠구나! 기회가 되면 바다랑 친해질 수도 있지 않을까? 병원 생활이 즐거워질 것 같았다.

1월 3일

사실 난 바다를 알고 있었다.

같은 반은 아니었지만 고등학교에 들어가고 그만두기까지 두 달 동안 난 바다를 멀리서 지켜보았다.

학기 초, 교무실에서 선생님이 친구들한테 나눠주라고 하신 유인물을 받아 들고 교실로 돌아가는 길이었다.

계단을 올라가서 복도 왼쪽으로 몸을 돌리는 순간, 반대편에서 달려오던 남자아이와 부딪혀 넘어졌고, 들고 있던 유인물은 여기저기 떨어지고 말았다.

남자아이는 미안하다고 말하고는 다시 달려서 계단 아래로 내려갔다.

난 지나가는 다른 친구들에게 방해가 될까 봐 서둘

러 떨어진 유인물들을 줍기 시작했다.

그때, 떨어진 유인물을 줍는 또 하나의 손이 보였다.

손을 보고 바로 고개를 들었더니 눈앞에 한 남자아이가 같이 쭈그리고 앉아 유인물을 주워주고 있었다.

"아, 이거 내가 주우면 돼!"

난 얼른 손사래를 쳤다.

"괜찮아."

처음 보는 그 아이는 그렇게 간단하게 대답하고는 다시 유인물을 주웠다.

순간 난 멍한 표정으로 그 아이를 바라보고 있었다.

그 아이는 다 주운 유인물을 내게 건넸다.

"자, 여기."

"고, 고마워…."

유인물을 받는데 우연히 그 아이의 옷에 달린 명찰이 보였다.

'한바다'

바다. 이름이 바다구나. 이름 예쁘다.

생각하고 있는 도중에 그 아이는 다시 돌아서 반대편 복도로 걸어갔다.

"바다…."

그날부터였다. 내가 바다에게 관심을 가지기 시작한 건.

어느 날 우연히 복도를 지나가다 바다가 5반으로 들어가는 걸 보게 되었다.

5반이구나…. 다른 반이라 아쉽다.

점심시간에는 바다가 운동장에서 자기 반 친구들이랑 축구를 하는 걸 보게 되었다. 난 어느샌가 바다의 뒷모습만을 좇고 있었다.

창문에 서서 한참 바다를 보고 있는데 별이가 다가왔다.

"하늘! 뭐 해?"

"아, 별아."

"뭘 그렇게 멍하게 있어."

순간 별이에게는 말해도 되지 않을까 싶었다.

"별아, 너 바다라는 애 알아?"

"바다? 5반 한바다 말하는 거야?"

"응!"

"알긴 아는데 갑자기 걔는 왜?"

"사실…. 나 바다한테 관심 있어."

"뭐?"

"저번에 바다가 내가 떨어뜨린 유인물을 주워준 적이 있었거든. 좋은 애인 것 같아."

"그렇구나~. 축하해! 한번 잘해봐!"

"고마워!"

하지만 바다에게 용기 내서 말도 걸어보기 전에 난 암 진단을 받았고, 학교를 그만두게 되었다.

그런데 병원에서 다시 만나게 될 줄은 꿈에도 몰랐다.

바다가 오늘도 올까?

난 점심을 먹고 바다 생각을 하며 서서 하늘을 보고 있었다.

"너 뭐 해?"

깜짝이야. 순간 놀라 뒤를 돌아보니 바다가 와 있었다.

난 속마음을 들키기라도 한 것처럼 얼굴이 빨갛게 달아올라 횡설수설하며 대답했다.

"아, 안녕? 그냥…, 하늘 보고 있었어."

"하늘?"

"응, 난 가끔 심심하면 하늘을 보거든."

"하늘 보는 거 재밌어?"

"그럼! 강아지 모양 구름 찾거나 초코소라빵 모양 구름 찾는 것도 재밌고, 그러다 운이 좋으면 무지개도 볼 수 있어."

세상에. 내가 지금 무슨 얘기를 하는 거지? 하늘을 진짜 보고 있긴 했지만 사실 구름 모양을 보고 있던 건 아니었는데. 당황하자 나도 모르게 거짓말이 술술 나왔다. 어린애 같다고 생각하면 어떡하지? 난 애써 씩 웃어 보았다. 근데 내가 웃자 바다도 웃었다. 다행이라고 생각하며 안심했다.

그때 갑자기 바다가 물었다.

"저…, 이런 거 물어봐도 되는지 모르겠는데, 넌 혹시 어디가 아파?"

아 맞다. 여기 병원이었지. 순간 바다와 대화를 나누다 보니 학교라고 착각하고 있었다.

나는 고민하다 숨길 게 뭐 있나 싶어 솔직하게 말했다.

"얼마든지 물어봐도 돼. 상관없어. 뇌종양이야. 악성 신경교종."

난 바다가 처음 듣는 병이라 알아듣지 못할까 봐 또박또박 발음했다.

"아, 그렇구나."

바다는 뭐라 말해야 할지 모르겠다는 표정을 지었다. 그런 반응을 나는 이해할 수 있었다.

바다는 할 말을 찾는듯하더니 이내 내게 말을 걸었다.

"저, 토마토주스 마실래? 엄마가 좋아하셔서 사 왔는데."

"내가 받아도 돼?"

"그럼, 여기."

바다는 내게 다가와 토마토주스 하나를 건넸다.

토마토주스를 받는데 바다와 손이 닿았다.

순간 놀라 내 얼굴이 토마토가 되고 말았다.

난 얼른 병뚜껑을 열어 주스를 한 입 들이켰다. 그제서야 달아오른 얼굴이 진정되는 것 같았다.

난 주스를 마시고 바다에게 물었다.

"저, 이름이 뭐라고 했지?"

바다와 함께 대화를 나누고 있는 이 상황이 도저히 믿기지 않았다.

난 바다의 입으로 직접 확인하고 싶었다. 내가 아는 바다가 맞는지.

"아, 바다야. 한바다."

역시 맞았다. 그날 유인물을 주워주며 괜찮다고 말했던 그 목소리. 바다가 틀림없었다.

"바다. 알겠어. 기억할게."

"넌 이름이 뭐였지?"

"하늘이야. 이하늘!"

"그래. 기억할게."

바다가 내 이름을 기억해 준다고 했다. 겉으로 티
내지는 못했지만 너무 행복했다.

시원한 겨울바람이 우리 둘을 감싸안았다.

1월 4일

침대에 가만히 앉아 있으려니 심심해서 잠깐 산책을 하기로 했다. 오늘은 편마비 증상이 조금 덜한 것 같아서 운동도 할 겸 복도로 조심히 걸어 나갔다.

복도를 세 바퀴 정도 돌고 병실로 갔는데 병실 문 앞 유리창 너머를 보니 바다가 서 있었다.

아싸! 오늘도 바다가 왔어. 오늘도 같이 대화를 나눌 수 있을까?

난 기분 좋게 병실 문을 열고 들어갔다.

"하늘아, 어디 갔다 왔어?"

"아, 잠깐 복도 좀 걷다 왔어요. 앉아 있으니까 심심해서요."

난 아주머니와 바다를 번갈아 쳐다보느라 아주머니

옆에 누가 앉아 있는지 빨리 알아채지 못했다.

"하늘? 어? 이하늘?"

난 서둘러 내 침대로 갔다.

"뭐야, 왜 그래?"

"아니, 내가 아는 애인 것 같아서."

머리를 다 밀어버리고 모자까지 쓰고 있으니 내가 누군지 바로 알아채지 못했겠지.

"진짜? 아는 사이야?"

난 애써 웃어 보이며 옆으로 향해 있던 고개를 앞으로 돌렸다.

"아, 넌 별이…, 맞지?"

별이가 어째서 여기 있는 거지. 그러고 보니 예전에 바다를 안다고 했는데. 병원까지 올 정도로 바다랑 많이 친한 사이였던 건가? 머릿속에서 온갖 생각이 다 들었다.

"맞구나, 이하늘!"

별이는 내게 달려와 내 두 손을 꼭 쥐어 잡았다. 별이의 손이 따뜻했다.

"이하늘! 어떻게 된 거야? 연락도 없이 갑자기 사라져 놓고."

난 뭐라 할 말이 없었다.

사실 난 엄마와 친척들을 제외하고는 아무에게도 내가 암이라는 사실을 알리지 않았다. 뭐 좋은 일이라고 시끄럽게 떠들고 싶지도 않았고, 더 이상 동정 어린 눈빛을 받고 싶지도 않았다.

그래서 난 그때 가장 친한 친구였던 별이에게까지 이 사실을 알리지 않은 채 연락을 끊어버렸다.

"미안해. 사정이 있어서….'

"그래도 나한테는 연락을 했어야지!'

"어머, 별이랑 하늘이 아는 사이니? 어떻게 알아?'

"저희 1학년 때 같은 반이었어요!'

별이는 오랜만에 나를 만나 너무 기쁜 모양이었다. 물론 나도 기뻤다. 하지만…, 내가 지금 몸 상태가 이래서…. 별이에게 어떻게 말하면 좋지?

"같은 반이었다고? 둘 다 2반이었어?'

"응! 그렇다니까~.'

"근데 왜 난 몰랐지?'

"넌 5반이었잖아. 그리고 하늘이는 5월달에….'

난 별이에게서 시선을 뗐다.

"자퇴했었어. 연락도 없이 갑자기 가서 얼마나 놀랐다고.'

나는 별이를 볼 면목이 없었다. 그리고 별이에게 이

상황을 어떻게 설명하면 좋을지 몰라 고개를 푹 숙이고 있었다.

"어? 근데 너 여기 있다는 건⋯."

난 두 눈을 질끈 감았다. 별이가 이제 알아차린 것 같았다.

"너⋯, 설마⋯."

별이는 나와 잡고 있던 손을 스르륵 놓았다.

"너⋯, 아파? 그런 거야?"

순간 가슴에 커다란 돌덩이가 떨어지는 느낌이 들었다.

"별아, 그게⋯."

"뭐야, 어디가 아픈데."

"나 실은⋯."

"네가 왜 여기 있냐고!"

별이는 내게 화가 난 것 같았다.

왜 이런 상태인 걸 말하지 않았냐는 듯한 눈빛이었다.

"별아⋯. 진정해."

"이모⋯, 얘 왜 여기 있어요?"

난 용기를 내어 별이를 똑바로 쳐다보았다. 내가 여기서 우물쭈물하면 별이에게 더 상처를 줄 뿐이었다. 내가 괜찮다는 걸 알려야 했다.

"별아, 나 조금밖에 안 아파. 진짜 괜찮아! 정말…, 괜찮아."

막상 입 밖으로 괜찮다는 말을 꺼내니 뭔가 어색하다는 느낌이 들었다.

그렇구나. 나 괜찮지 않구나.

그 뒤로 별이는 나와 한마디도 하지 않고 병실을 나갔다. 그리고 바다도 별이를 따라갔다.

그러다 바다와 눈이 마주쳤다. 난 마음속으로 어떡하면 좋을까 하고 바다에게 몇 번이나 물어보았다.

하지만 바다는 내 마음을 읽지 못하고 별이를 따라나갔다.

아픈 것도, 이런 상황도 감당하기엔 우린 너무 어렸다.

1월 5일

책을 읽고 있는데 누군가 병실로 들어오는 소리가 났다. 이모인가 싶어 커튼 사이로 고개를 빼꼼 내밀고 보는데 바다였다.

난 기분 좋게 바다에게 인사했다.

"안녕!"

"안녕. 저, 혹시 우리 엄마 어디 가셨는지 알아?"

난 바다 얼굴을 더 잘 보기 위해 커튼을 다 젖히고 말했다.

"아주머니, 아, 아니다. 이모 향수 만들러 가셨어. 오늘 특별 프로그램 있는 날이라."

"넌 안 가?"

"난 오늘 쉬고 싶어서. 향수 냄새 맡으면 머리 아프

기도 하고."

　만약 나도 프로그램에 참여하러 갔으면 바다를 못 봤겠지? 나는 그냥 병실에 있길 잘했다는 생각이 들었다.

　그때 별이가 떠올랐다. 어제 별이가 그렇게 가고 난 뒤로 하루 종일 별이 생각을 했다. 나 때문에 화가 많이 났겠지 싶어 바다에게 물어보기로 했다.

　"저, 있잖아."

　"응?"

　"별이…, 화 많이 났어?"

　바다는 잠시 생각을 하더니 대답했다.

　"그게 화난 건 아니고…. 그냥 좀 속상해하더라."

　"역시…. 그랬구나…."

　나는 고개를 떨궜다. 앞으로 별이를 두 번 다시 못 볼지도 모르겠다는 생각이 들었다.

　"아, 너 신경 쓰이라고 한 말은 아니야, 그냥…."

　"괜찮아. 별이한테 연락 안 한 건 내 잘못이니까…."

　"저, 오늘은 하늘 안 봤어?"

　"뭐?"

　혼자 한숨을 푹푹 내쉬고 있는데 바다가 갑자기 내게 물었다.

"아니…, 오늘은 심심하지 않았나 해서…."

난 잠깐 동안 바다를 뚫어져라 쳐다보았다. 내 기분 풀어주려고 이런 질문을 던진 것 같은데…. 그런 바다의 모습이 귀엽게 느껴졌다.

"하하하!"

"뭐, 뭐야. 왜 웃어?"

"아니, 그냥 이 상황에 그런 질문을 하는 게 웃겨서."

"아니, 난 그냥 순수하게 궁금해서…."

"어? 너 귀 빨개졌다."

바다의 귀가 빨개지는 게 선명하게 보였다. 뭐야, 얘 은근히 부끄러움이 많구나? 그 모습마저 나는 그냥 귀여웠다. 난 한참을 더 웃다 대답했다.

"응! 오늘도 하늘을 봤어."

"하늘에서 뭘 발견했는데?"

"오늘은 고양이 모양 구름을 찾으려고 했는데 고양이는 없고 웬 커다란 코끼리가 있는 거 있지?"

저번에 구름 모양을 찾았다는 건 거짓말이었지만 오늘은 진짜로 하루 종일 구름만을 쳐다보았다.

그게 뭐든 너와 대화를 나눌 수 있는 소재가 생겼다는 게 기뻤다.

"코끼리?"

"응! 저번에는 원숭이 모양 구름도 봤어."

사실 이건 거짓말이었다.

바다야 미안해. 너랑 얘기를 이어서 하고 싶었어.

"에이, 거짓말."

"아니야, 진짜야!"

우리는 그렇게 서로를 바라보다 빵 터지고 말았다.
바다와 함께 웃고 있다니 꿈만 같았다.

"넌 어떻게 그렇게 밝아?"

"응?"

"아니, 보통 아프면 잘 못 웃잖아. 근데 넌 잘 웃는
것 같길래."

난 그 질문에 아무렇지 않게 대답했다.

"난 앞으로 얼마나 더 살 수 있을지 몰라. 그래서 지
금 많이 웃어둬야 해."

나는 그렇게 말하고는 방긋 웃었다.

난 호스피스 병원에 입원한 뒤로 받아들이기로 마
음먹었다. 나의 아픔을, 그리고 미래에 다가올 나의
죽음을.

그렇게 생각하니 마음이 편했다.

무엇보다 너와 함께 이렇게 웃을 수 있다면 언제 죽
어도 상관없을 것 같았다.

바다가 이모를 만나고 옷을 챙겨입기 시작했을 때 난 용기 내어 물었다.

"내일도 와?"

난 바다가 내일도 오기를 간절히 바랐다.

"응, 내일도 와."

난 바다를 보며 활짝 웃었다. 그리고 빨리 내일이 오기만을 기다렸다.

1월 6일

점심을 먹고 책을 읽으며 바다가 오기만을 기다렸다.

이 병원에 입원한 지도 벌써 일주일이 다 되어갔다. 난 다행히 빠르게 병원 생활에 적응했다.

그때 병실 문이 열렸다.

바다인가 싶어 설레는 표정으로 얼른 커튼을 젖히고 문 쪽을 바라봤다.

"하늘아."

"엄마!"

엄마였다. 엄마는 일 때문에 병원에 오지 못하다 토요일인 오늘 처음으로 병원에 왔다.

엄마를 보는 건 좋았지만 순간 바다가 아니라는 사실에 나도 모르게 실망한 표정을 짓고 말았다.

"뭐야, 엄마 오는 거 싫어?"

"아, 아니! 너무 좋아! 엄마 보고 싶었어."

"점심은 먹었어?"

"조금."

"약 먹으려면 많이 먹어야지. 엄마랑 편의점이라도 갈래?"

"응! 좋아!"

엄마가 나를 휠체어에 태우고 병실을 나서려는 찰나 이모와 눈이 마주쳤다.

"안녕하세요~. 저 하늘이 엄마 되는 사람이에요."

"아, 네. 안녕하세요~. 처음 뵙네요."

"네, 은행에서 일하는데 일이 좀 바빠서…. 저희 하늘이 잘 부탁드립니다."

"어우, 아니에요. 하늘이 씩씩하게 병원 생활 잘하고 있어요."

"아, 그래요? 다행이네요."

"애아빠는 같이 안 왔어요?"

"아, 그게 사정이 있어서 지금 같이 안 살고 있어요."

"아구, 그랬구나. 내가 괜히 쓸데없는 소리를…."

"아니에요. 저희 그럼 잠깐 내려갔다 올게요."

엄마와 이모는 가볍게 인사를 나누었고, 우리는 1

층에 있는 편의점으로 향했다.

난 아빠가 안 계신다. 내가 태어난 지 얼마 안 되었을 때 성격 차이로 헤어지게 되셨다고 한다.

그래도 상관없었다. 아빠가 계신다는 게 어떤 느낌인지 궁금하긴 하지만 엄마가 그만큼 부족하지 않게 나를 사랑해 주셨기 때문이다.

그러고 보니 오늘 바다가 안 오려나…? 난 아쉬워하며 엄마와 편의점에 들어갔다. 간식을 사려고 편의점을 둘러보니 내가 좋아하는 초콜릿이 있었다. 난 한 봉지만 사려다 바다가 생각나 두 봉지를 골라 담았다.

계산을 마치고 엄마와 같이 밖에 나가 바깥 공기를 좀 쐰 다음 다시 병실에 올라갔다.

엄마는 나를 데려다주고 처리해야 할 일이 조금 남아 있다며 회사로 가셨다.

그때 이모가 내게 말을 걸었다.

"하늘아, 이거 먹을래?"

내가 제일 좋아하는 초코소라빵이었다.

"정말요? 저 먹어도 돼요?"

"그럼~. 방금 바다가 왔다 갔는데 너 주라고 하더라고."

"바다가 왔다 갔어요?"

난 아쉬움을 금치 못했다.

"응, 너 보고 가면 좋았을 텐데 길이 엇갈렸나 보다."

"네…."

난 빵을 받아 들고는 침대로 가 커튼을 쳤다.

바다를 보지 못한 건 아쉬웠지만 바다가 내 생각을
해서 빵을, 그것도 내가 제일 좋아하는 빵을 사 왔다
는 사실이 너무 행복했다.

이 초코소라빵은 아까워서 먹지 못할 것 같았다.

1월 7일

엄마에게 부탁해 뜨개질 도구를 사다 달라고 했다. 책만 읽으니까 심심하다고. 사실 심심한 것도 있었지만 진짜 이유는 좋은 생각이 났기 때문이다.

바로 바다에게 직접 짠 목도리를 선물해 주는 것이다. 뭐, 난 어차피 곧 죽을 운명이고, 바다와 사귈 수 있는 것도 아니지만 그래도 난 바다를 좋아하니까. 그냥 작은 선물을 해주고 싶었다.

예전에 한창 뜨개질을 한 적이 있었지만 오랜만에 해서 그런가 영상을 찾아봐도 잘되지 않았다. 손이 뻣뻣했다.

그때 병실 문이 열렸다. 난 얼른 커튼을 젖혔다. 바다였다.

"안녕?"

"안녕."

바다가 웃으며 내 인사를 받아주었다. 나는 날아갈
듯이 기뻤다.

"이모 특별 프로그램 하러 가셨어."

"아, 그렇구나."

"저, 빵 잘 먹었어."

"응?"

"초코소라빵."

"아, 다행이다."

난 어제 이모로부터 전해 받은 초코소라빵을 아까워
서 먹지 못하다 오늘 아침에서야 먹었다. 양치를 했는
데도 입에서 달콤한 초코 향이 남아 있는 것 같았다.

"나 초코소라빵 엄청 좋아하거든! 덕분에 잘 먹었어."

"아니야, 다음에 또 사 올게."

순간 웃으면서 또 사 오겠다는 바다의 말에 심장이
쿵쾅거렸다. 그냥 빈말일까? 설령 빈말이라 해도 기
분이 좋았다.

"아니, 그러니까 내 말은….."

"고마워!"

"어?"

"고맙다고."

나는 싱긋 웃으며 고맙다고 인사했다.

왠지 고맙다는 내 말에 바다가 나를 빤히 쳐다보는 것 같은 느낌이 들었다.

그리고 난 어제 편의점에서 사 온 초콜릿이 떠올라 서랍장을 뒤졌다.

"이건 빵 준 거에 대한 보답! 둘 중에 골라봐."

"음…. 오른쪽!"

"짠! 초콜릿이야!"

"왼손에는 아무것도 없어?"

"짠! 여기도 초콜릿이야!"

"에이, 뭐야."

바다가 웃었다. 바다가 웃는 모습에 내가 다 웃음이 나왔다.

그리고 난 바다에게 양손에 있던 초콜릿을 모두 주었다.

그렇게 우리는 얘기를 나누다 바다는 공부를, 그리고 난 바다 옆에서 뜨개질을 하기 시작했다.

"뭐 뜨고 있는 거야?"

"아, 목도리."

"누구 주려고?"

난 잠시 고민했다. 선물인데 미리 말하면 재미없겠지? 난 거기에 약간의 소망과 장난을 섞어 대답했다.

"응! 미래의 남자친구한테 주려고."

근데 바다가 두 눈을 동그랗게 뜨고 너무 놀란 표정을 지었다.

"뭘 그렇게 놀라. 농담이야, 농담. 내 거 만들고 있어."

난 그렇게 얼버무리고 넘어갔다.

"넌 무슨 문제집 풀어?"

"국어. 2학년 내용 미리 예습하는 중이야."

"오~. 완전 범생이."

"놀리지 말라니까."

"아 미안, 미안. 근데 좋겠다."

"공부하는데 좋긴 뭐가 좋아."

"학교 다니잖아."

진심으로 바다가 부러웠다. 바다와 대화를 나누고 있는 장소가 병실이 아니라 학교였으면 얼마나 좋았을까. 우리의 만남이 끝이 정해져 있지 않고 계속 이어지면 얼마나 좋을까.

그런 생각을 하는데 바다가 언제부터 아팠냐고 내게 물었다.

난 상황을 설명해 줬고, 분위기가 너무 어두워진 것

같아서 괜찮다고 말했다.

"나 괜찮아. 그렇게 아프진 않아."

근데 바다가 말했다.

"안 괜찮잖아."

"뭐?"

"안 괜찮으면서 왜 괜찮다고 하는데."

순간 난 너무 당황했다.

"아니 난 진짜….."

"안 괜찮으면 안 괜찮다고 말해도 돼."

그 말을 듣는 순간 눈물이 쏟아져 나왔다. 처음 듣는 말이었다. 안 괜찮다고 말해도 된다는 말.

난 그동안 늘 괜찮다고 말했다. 엄마 앞에서도, 친척들 앞에서도. 내가 힘들다고 어리광 부리면 주변 사람들이 더 힘들어질 거라고 생각했기 때문이다.

그래서 난 괜찮다고 계속해서 스스로를 다독였다. 하나도 괜찮지 않으면서.

아, 안 되는데. 바다 앞에서 이렇게 우는 모습 보여주는 건 싫은데. 머리로는 그렇게 생각하면서도 마음은 내 맘대로 제어되지 않았다.

난 다 울고 바다가 건네는 휴지를 받았다. 막상 시원하게 울고 나니 민망함이 몰려왔다.

"미안, 못 볼 꼴을 보였네."

"아니, 내가 미안. 널 울게 하려고 한 말은 아니었는데."

역시 바다는 좋은 아이였다.

"그래도 울고 나니까 기분 좋다."

"다행이네."

바다와 더 가까워진 것 같은 기분이 들었다. 바다가 점점 더 좋아졌다.

1월 13일

며칠 전에 병실에 별이가 왔었다.

별이는 나에게 뇌에 좋다며 직접 끓인 녹차를 주고 갔다.

별이는 기분이 풀린 것 같았다. 별이와의 사이가 다시 좋아져 다행이었다.

그 뒤로 며칠 동안 계속 바다와 별이가 같이 놀러 왔다.

바다와 별이는 매일매일 먹을 것을 사 왔고, 우리는 다 같이 나눠 먹으며 이야기를 나누곤 했다.

내가 꿈꿔왔던 장면이었다. 병원이 아니라 학교에 있는 것 같았다. 이렇게 행복해도 되나 싶을 정도로 행복했다. 죽기 전까지 이런 날들이 계속 이어지기를 간절히 바랐다.

그런데 신도 무심하시지. 신은 나의 작은 소원을 들어주지 않았다.

어제 바다 혼자 놀러 왔을 때, 난 바다에게 가장 보이고 싶지 않았던 모습을 보이고 말았다.

바다와 이야기를 나누고 있는데 끔찍한 두통이 몰려왔다. 차라리 죽었으면 좋겠다 싶을 정도로 머리가 아팠다.

난 바다가 있다는 사실도 잊은 채 고통 속에서 몸부림쳤다.

진통제를 맞고 잠에 들었다. 사실 그때 상황이 어땠는지, 바다가 아파하는 날 어떻게 쳐다봤는지 정확히 기억이 나지 않았다.

그저 체념했다. 맞다, 나 환자였지. 그것도 곧 죽을.

또 잊어버리고 있었던 거다. 나한테 맞지 않은 행복을 두르고 있었던 거다.

다시 바다를 보고 싶지 않았다. 바다를 보면 볼수록 더 보고 싶어질 테니까. 차라리 보지 않는 편이 나을 것 같았다.

그때 병실 문이 열리고, 이모와 대화를 나누는 바다 목소리가 들렸다.

난 애써 바다를 모른척했다.

그런데 바다가 내게 말을 걸어왔다.

"이하늘."

난 아무 대답도 하지 않았다.

"이하늘?"

대답하지 않으면 계속 부를 것 같아 어쩔 수 없이 대답했다.

"…왜?"

"커튼 열어봐. 줄 거 있어."

"필요 없어."

"왜 그래? 무슨 일 있어?"

"필요 없다고."

이렇게 바다를 밀쳐내야만 하는 상황이 원망스러웠다. 그런데도 바다는 물러나지 않고 계속 나에게 말을 걸었다. 바다는 아예 커튼을 젖혔다.

"너 오늘 왜 그래."

"내가 뭘."

"이거 받아."

초콜릿이었다. 내가 바다에게 준 그 초콜릿이었다.

"이거 맞지? 네가 나한테 줬던 초콜릿."

"…."

"뭐 해, 받아."

"됐어."

"사 온 건데 받아."

"아, 안 먹는다고!"

난 바다의 손을 내팽개쳤다. 초콜릿이 땅바닥으로 떨어졌다.

"내가 안 먹는다고 했잖아."

순간 너무 미안했다. 나도 내가 왜 이러는지 알 수 없었다.

아니, 그래. 차라리 잘된 거야. 이제 바다는 날 싫어하게 되겠지. 그럼….

"너 초콜릿 좋아한다며."

바다는 끈질기게 나에게 말을 걸었다.

난 순간 욱해서 소리를 지르고 말았다.

"어차피 죽을 건데 초콜릿 많이 먹어서 뭐 하냐고!"

이상하다. 난 분명 계속 말 거는 바다한테 화가 났는데. 바다가 나를 내쳐냈으면 좋겠다고 생각했는데.

내 의지와 상관없이 눈에서는 눈물이 떨어지고 있었다.

"너한테 보이고 싶지 않았어. 아픈 모습…."

마음은 어떻게 할 수가 없나 보다.

그래, 난 바다가 좋다. 너무 좋은데, 편하게 좋아할 수 없는 이 상황이 너무 화가 나고 슬펐다.

"나, 나 말이야. 널…."

'좋아해.'

"좋아해."

"어?"

순간 잘못 들은 줄 알았다. 아니면 내 생각보다 말이 먼저 나온 줄 알았다. 하지만 둘 다 아니었다.

난 정확히 들은 거였다. 바다가 나한테 좋아한다고 했다.

"이하늘, 널 좋아해."

흐르던 눈물이 멈췄다. 난 바다를 빤히 쳐다보았다.

"그러니까 나한테는 아픈 모습 보여도 돼."

순간 온갖 감정이 마음을 뒤흔들었다. 바다도 나를 좋아한다는 사실에 잠시 기뻤다가 이내 그러면 안 된다는 걸 깨달았다.

"안 돼."

"뭐가 안 돼."

"너도 알잖아. 내가 어떻게 될지."

"그게 무슨 상관인데."

"나 죽는다고, 얼마 못 산다고!"

"그럼 좋아하면 안 돼?"

내가 무슨 말을 해도 소용이 없었다.

"나 네가 아픈 걸 고쳐줄 수는 없어도 행복하게 만들어 줄게."

바다는.

"널 지켜주고 싶어."

내가 바다를 좋아하는 만큼 날 좋아한다.

"네가 아프든 안 아프든 내가 옆에 있을게. 그러니까 이 초콜릿 받아."

난 바다가 손에 쥐여주는 초콜릿을 받았다.

그렇게 우리의 결말이 정해진 만남이 시작되었다.

2월 26일

우리는 서로의 마음을 확인한 그날 이후로 행복한 나날들을 보냈다.

내가 산책을 하고 싶다고 하면 바다는 기꺼이 내 휠체어를 밀어주었고, 영화를 보고 싶다고 하면 노트북을 가져와 주었다.

어느 날, 바다와 영화를 보고 난 바다에게 물었다.

"바다야, 넌 내가 없어지면 나 평생 기억할 거야?"

사실 이 질문에 바다가 뭐라고 대답할지는 너무 뻔했다.

"뭘 그런 걸 물어. 너 안 없어져."

"아니, 진지하게."

난 바다를 진지한 눈빛으로 쳐다보았다.

"…안 잊어버려."

"진짜?"

"응, 절대 안 잊어버려."

나는 그렇게 대답하는 바다를 안타깝다는 얼굴로 바라보았다.

이렇게 좋은 아이는 나보다 더 좋은 사람을 만나야 할 텐데. 바다가 나 같은 사람을 만나기에는 너무 아깝게 느껴졌다.

"바다야, 잊어버려."

바다는 놀란 눈빛으로 나를 쳐다보았다.

"잊어버려. 그리고 더 좋은 사람 만나, 꼭."

나는 진심으로 바다가 나보다 더 좋은 사람을 만나기를 바랐다.

나 같은 아이에게 사로잡혀 있지 말고 잊어버리기를 바랐다.

그 뒤로도 바다는 여전히 내게 잘해주었다.

내가 뜨개질을 하자고 하면 서툰 손으로 같이 뜨개질을 해주었고, 무엇보다 언제나 내 곁에 있어 주었다.

바다는 계속 나에게 더 하고 싶은 게 없냐고, 더 필요한 게 없냐고 물어보았다.

그럴 때마다 나는 늘 진심으로 괜찮다고 했다.

바다 어머니가 퇴원한 이후로 병실을 혼자 쓰게 되었지만 전혀 외롭지 않았다. 바다와 별이가 있었으니까.

"바다야."

"응?"

"진짜 사랑해."

"…나도 사랑해."

이거면 충분했다. 바다와 함께 있는 것. 별이와 이야기 나누는 것. 그거면 됐다.

그렇게 나의 퇴원 날짜가 다가오고 있었다.

1월 4일

평범한 날이었다.

새 친구를 사귀지 못하고 교실을 정처 없이 떠돌다
그냥 책상에 앉아 책을 읽고 있었다.

"안녕?"

그때 누군가 내게 다가왔다.

"초콜릿 먹을래?"

찰랑거리는 긴 머리를 가진 여자아이가 말을 걸었
다. 웃는 모습이 예쁜 아이였다.

"아, 고마워."

"괜찮으면 나랑 같이 점심 먹자. 나 같이 먹을 친구
가 없어서."

마치 어둠 속에 한 줄기 햇살 같은 아이였다.

"난 좋지! 저, 이름이 뭐야?"

그 아이는 자신의 명찰을 가리키며 말했다.

"하늘이야, 이하늘!"

그리고 하늘이는 나를 보고 싱긋 웃었다.

갑자기 왜 그날 일이 떠올랐을까.

하늘이를 못 본 지 벌써 1년이 다 되어간다.

난 씁쓸한 마음으로 바다를 만나러 바다 아버지가 운영하시는 양복점에 갔다.

"그럼 죽이라도 사서 갈까?"

"그래, 그러자."

우리는 이모한테 드릴 단호박죽을 사서 병원으로 향했다.

"근데 넌 병원 가는데 화장을 뭘 그렇게 진하게 한 거야? 치마도 입고."

순간 얼굴이 화끈거렸다.

너 보라고 화장한 건데. 너한테 예뻐 보이고 싶어서 치마 입은 건데.

하지만 바다는 그런 생각을 하나도 하지 않은 모양이었다.

바다와는 초등학교 1학년 때 처음 만났다. 우리가 바다네 앞집으로 이사를 왔고, 그 뒤로 바다와 흔히 말하는 소꿉친구가 되었다.

어릴 때는 볼 거 못 볼 거 서로 다 본 사이라 평생 애를 좋아하게 될 일은 없을 거라고 그렇게 생각했다.

그런데 언제부터였을까.

큰 계기가 있는 건 아니었다. 중학생이 되고 바다가 내 키를 훌쩍 뛰어넘었을 무렵부터 바다가 왠지 다르게 보이기 시작했다.

그렇구나. 나 애를 좋아하게 됐구나 하고 느낀 게 중학교 2학년 때였다.

난 한창 예뻐 보이고 싶은 나이였고, 좋아하는 아이까지 생기니 급속도로 옷과 화장에 관심이 생기기 시작했다.

늘 화장하는 방법을 가르쳐 주는 영상을 찾아봤고, 용돈을 받으면 옷장이 터지도록 옷을 샀다.

친구들이 나에게 꾸미는 방법 좀 가르쳐 달라고 할 정도였다.

하지만 이 모든 것은 다른 이유가 아니라 오직 너에게 잘 보이기 위함이었다.

난 마음을 알아차려 주지 못하는 바다에게 버럭 성

질을 내고 말았다.

"남이사 화장을 하든 말든, 치마를 입든 말든! 넌 잘 모르겠지만 여자는 어딜 가든 꾸미고 싶은 법이라고."

그리고 사실 이모를 보러 병원에 가는 것도 맞지만 바다와 함께 있고 싶다는 이유가 더 컸다.

그렇게 우리는 티격태격하며 병원으로 갔다.

"아, 넌 별이…, 맞지?"

잘못 본 줄 알았다. 머리에 비니를 쓰고 있어 처음에는 다른 사람인 줄 알았는데 아니었다. 분명 하늘이었다.

처음에는 반가웠다.

연락도 없이 사라졌던 하늘이를 이렇게 다시 만나게 되다니.

하지만 이내 얼굴에 피어 있던 웃음이 사라졌다. 하늘이가 여기 있다는 건 하늘이가 아프다는 뜻이었으니까.

하늘이에게 화가 났고 너무 속상했다. 왜 이런 상태가 될 때까지 말하지 않았는지. 적어도 나한테는 말할 수 있던 게 아니었는지.

나는 감정을 주체하지 못할 것 같아 병실을 박차고 나와버렸다.

하늘이가 죽는다니. 나에게 먼저 다가와 준 그 착한 아이가 무슨 그렇게 큰 잘못을 했다고.

병원에 다녀온 뒤 며칠 동안 생각에 잠겼다.

그러다 답을 내렸다. 내가 할 수 있는 일을 하자고. 남은 시간 동안 하늘이를 최대한 행복하게 만들어 주자고. 하늘이가 내게 먼저 다가와 줬던 것처럼 이번에는 내가 나설 차례라고. 그렇게 생각했다.

1월 11일

난 마음을 먹은 뒤로 매일 바다와 함께 먹을 것을 잔뜩 사서 하늘이에게 찾아갔다.

약을 먹을 때는 뭐든 잘 먹어야 한다는 글을 어디서 봤기 때문이다.

다행히 하늘이는 좋아하는 듯했다.

"나 화장실 좀."

바다가 화장실에 간 사이 하늘이와 나는 신나게 얘기를 나누고 있었다.

오랜만에 만나는 거라 할 얘기가 끝도 없이 쏟아져 나왔다.

그때 갑자기 잊고 있던 기억이 떠올랐다.

"별아, 너 바다라는 애 알아?"

"바다? 5반 한바다 말하는 거야?"

"응!"

"알긴 아는데 갑자기 걔는 왜?"

"사실…. 나 바다한테 관심 있어."

"뭐?"

난 그 얘기를 듣고 놀라지 않을 수 없었다. 나랑 가장 친한 친구인 하늘이가 소꿉친구인 바다를 좋아하다니.

"저번에 바다가 내가 떨어뜨린 유인물을 주워준 적이 있었거든. 좋은 애인 것 같아."

사실 바다가 아니라 다른 친구를 좋아한다고 했으면 진짜 진심으로 밀어줬을 텐데. 나도 바다를 좋아하는 상황이라 그럴 수 없었다. 그렇다고 뭐 어쩌겠는가. 내가 좋아하니 좋아하지 말라고 할 수도 없고.

"그렇구나~. 축하해! 한번 잘해봐!"

나는 하늘이를 진심으로 축하해 주지 못하는 것이 미안했다.

난 하늘이에게 다시 한번 물어보았다.

"하늘아, 너 아직도 바다 좋아해?"

"…응!"

하늘이는 수줍게 고개를 내리며 대답했다.

"그렇구나…."

난 또 진심으로 축하해 주지 못했다. 솔직히 말하면 질투도 났다. 하늘이와 바다가 잘되면 어떡하지?

난 몸이 안 좋은 친구를 앞에 두고 못된 생각을 했다.

하지만 얼른 생각을 고쳐먹었다.

그래, 만약. 정말 만약에 하늘이와 바다가 잘되는 일이 생기더라도 응원해 주자고. 둘을 팍팍 밀어주자고 말이다.

그런데 그 일이 현실이 되었다.

1월 14일

"야, 나 하나만 물어봐도 돼?"

"응, 당연하지. 뭔데?"

"그, 여자들은 뭐 해주면 좋아해?"

"뭐? 갑자기 그게 무슨 소리야?"

"아니, 하늘이한테 뭘 해주면 좋을까 싶어서."

순간 머리가 떵했다. 예상은 했지만 이런 일이 이렇게 빨리 일어날지 몰랐다. 내가 병원 안 간 며칠 사이에 무슨 일이 있었던 거지.

"너, 하늘이랑 사귀어?"

바다는 얼굴을 붉적이더니 말했다.

"뭐, 그렇게 됐어."

"그래? 야, 잘됐다. 하늘이 좋은 애야. 잘 만나봐!"

이번에도 마찬가지로 난 진심으로 응원해 주지 못했다. 둘 다 나한테는 너무 소중한 친구들인데. 응원해 주지 못하는 내가 미웠다.

그래도 어쨌든 친구는 친구!

난 그냥 평소랑 똑같이 행동하면 된다. 하늘이와는 베프, 바다와는 소꿉친구. 난 그 자리를 잘 지키면 된다.

일단 지금은 다른 거 신경 쓰지 말고 하늘이의 행복에 집중하자. 하늘이가 행복하면 됐다. 난 그 부분에서는 하늘이가 바다와 만나 잘되었다고 그렇게 생각했다.

그리고 한 달이 넘게 지났다.

우리는 병실에서 많은 추억들을 쌓았고, 하늘이의 생일파티까지 즐겁게 끝냈다.

하늘이는 이 병원 생활이 끝나면 다른 호스피스 병원으로 갈 것이라고 했다. 바다와 난 그곳에서도 매일매일 재밌게 놀자고 했다.

마침내 하늘이가 퇴원하기 하루 전날이 되었다.

바다와 난 여느 때와 마찬가지로 하늘이를 보러 병원에 갔다. 하지만 하늘이를 볼 수 없었다.

하늘이는 그날 세상을 떠났다.

3월 6일

　개학하고 며칠이 지났다. 우리는 고2가 되었고, 바다와 나는 같은 반이 되었다.

　난 학교가 끝나자마자 바다네 집으로 갔다. 바다가 개학하고 단 한 번도 학교에 나오지 않았기 때문이다.

　"이모, 안녕하세요. 바다 있어요?"

　"어, 별이 왔니? 바다 방에 있어. 벌써 며칠째 밥도 제대로 안 먹고 방에만 틀어박혀 있구나….."

　"제가 가볼게요."

　난 안쪽에 있는 바다의 방으로 갔다.

　"야, 한바다. 들어간다!"

　다행히 방문은 열려 있었다.

　문을 열고 들어가 보니 바다는 이불을 얼굴까지 덮

어쓰고 침대에 누워 있었다.

"야, 너 학교 안 나올 거야?"

바다는 아무 말도 하지 않았다.

"나도 힘들어. 힘든데 학교 가는 거야."

"닥쳐."

바다의 말에는 가시가 돋아 있었다.

조금만 가까이 다가가도 찔릴 것 같이 아주 날카롭게.

"언제까지 이럴 건데."

"네 알 바 아니잖아."

"이모도 네 걱정 많이 하셔. 그러니까 학교 나와, 어?"

바다는 이불을 홱 걷어내더니 나를 노려보며 말했다.

"당장 내 방에서 나가."

"야, 너…."

"나가라고!"

처음 보는 바다의 얼굴이었다. 화를 내고 있었지만
분명 슬픔에 가득 차 있던 게 틀림없었다.

난 어쩔 수 없이 방을 나왔다.

"별아, 미안하다. 아무리 말을 해도 저 상태라서…."

"전 괜찮아요, 이모. 내일 또 올게요."

난 바로 집으로 들어갔다.

그리고 생각했다. 바다를 좋아하고 말고를 떠나서

소꿉친구를 이대로 둘 순 없다고.

무엇보다 난 하늘이의 유지를 지켜야 했다.

TO. 별이

별아, 네가 이 편지를 읽고 있다는 건 아마 내가 떠났다는 뜻이겠지?

널 오랜만에 만나서 정말 기뻤는데 또 말없이 떠나버리게 됐네. ㅎㅎ

혹시 우리 처음 만났던 날 기억 나?

내가 너한테 초콜릿 주면서 같이 점심 먹자고 했었잖아!

난 그날이 아직도 생생해.

친구를 못 사귀고 있었는데 둘러보니 너무 예쁜 애가 있는 거야.

그게 바로 너였어.

이렇게 예쁜 애랑 친구가 되다니…. 난 정말 행운아야!

나랑 친구가 되어줘서 고마워, 별아. 덕분에 병원에서도 많은 추억 만들었어.

아, 별아. 내 부탁 하나만 들어줄 수 있을까?

바다 말인데 분명 내가 없어지면 많이 힘들어할 거야. 그때 네가 바다 곁에 있어주면 좋겠어.

넌 바다에게 소중한 친구니까.

그럼 이만 줄일게. 꼭꼭 행복하게 지내!

FROM. 하늘

하늘과
바다가
만나

2월 28일

TO. 바다

바다야! 매일 얼굴 보다 이렇게 편지 쓰니까 되게
어색하다. ㅎㅎ

네가 이 편지를 읽고 있다는 건 내가 이제 더 이상
너를 볼 수 없다는 거겠지?

바다 너는 마음이 여리니까 어쩌면 지금 울고 있을
지도 모르겠네.

나도 이제 더 이상 너를 볼 수 없다는 게 이상하게
느껴져.

별이랑 너랑 나랑 셋이 매일매일 즐겁게 놀았는데.

아, 그날 기억 나? 너랑 별이랑 콜라 사 온 날.

콜라 뚜껑 열었는데 폭발해서 병실 엉망진창 됐었

잖아. ㅋㅋㅋ 간호사 선생님께 혼나구.

아직도 그날만 생각하면 웃겨서 눈물이 나와. ㅠㅠㅠ

근데 바다야. 넌 울지 않았으면 좋겠어.

늘 웃었으면 좋겠어.

있지, 내가 부탁 하나만 해도 될까?

나 너랑 하고 싶은 게 진짜 진짜 많았거든. 병원 데이트 말구!

내가 이 편지 한 장마다 너랑 하고 싶었던 거 하나씩 써둘 테니까 별이랑 같이 해줄래?

네가 내 소원 들어주는 동안 난 어떤 모습으로든 네 곁에 있을게.

아, 그리고 이 편지들은 번호 순서대로 꼭 한 달에 한 장씩 열어보기!

FROM. 하늘

TO. 바다

한바다! 너 약속 안 지키고 이 편지도 바로 열어봤지? 내가 그럴 줄 알았어! 다음부턴 약속 꼭 지켜!

지금 날씨는 어때? 이제 곧 벚꽃이 개화하겠지?

방에만 틀어박혀 있지 말고 벚꽃 잔뜩 피면 꼭 벚꽃 보러 나가!

나 퇴원하면 도시락 싸 가서 너랑 같이 벚꽃 구경하
고 싶었어.

난 나비가 돼서 네 주변을 날아다닐게. 나 한번 찾아
봐~!

그럼 이만 줄일게!

FROM. 하늘

하늘이가 떠났다.

하늘이의 생일을 축하하고 다음 날, 갑자기 하늘이
의 의식이 흐릿해졌다.

유별과 난 그저 일시적인 증상이라고 생각했다.

그런데 의식은 돌아오지 않았고, 하늘이는 퇴원하
기 하루 전인 오늘 세상을 떠나고 말았다.

하늘이의 장례식은 빠르게 진행되었다.

난 태어나서 처음으로 장례식장에 갔다. 사람들은
모두 검은 옷을 입고 있었고, 공기마저 새까만 듯했다.

난 결국 하늘이에게 진짜 생일선물을 주지 못했다.
대신 하늘이 어머니께 부탁드렸다.

하늘이에게 내가 만든 비니를 씌워달라고. 그리고
진짜 생일선물이었던 하얀 드레스를 입혀달라고.

하늘이가 의식이 흐려지던 날 드레스가 완성되었

다. 그런데 결국 하늘이의 의식은 돌아오지 못했고, 옷 입고 같이 놀러 가자던 약속도 지킬 수 없었다.

유별은 구석에 앉아 펑펑 울었다.

난 그런 유별을 그저 바라볼 수밖에 없었다.

눈물조차 나오지 않았다. 모든 게 다 꿈인 것 같았다.

분명 난 이렇게 될 거라는 걸 알고 있었는데, 다 각오했던 일이었는데. 아니, 난 하늘이를 떠나보낼 준비를 하지 못했던 거다.

장례식이 한참 진행되는데 하늘이 어머니가 내게 다가왔다. 그리고 편지봉투 10장과 상자 하나를 내밀었다.

"하늘이가…, 너한테 주라고 남긴 것들이야…."

난 어머니께서 주시는 것들을 받았다. 두 손이 떨리고 있었다.

"편지봉투에 쓰인 번호 순서대로 한 달에 한 장씩 읽으면 된대. 상자는 마지막 편지 읽을 때 같이 열어 보고…. 그리고…."

어머니는 잠시 주저하시더니 말했다.

"우리 하늘이랑 잘 지내줘서 고맙다…."

난 아무 말 없이 고개를 끄덕거렸다.

어머니는 유별에게도 다가가더니 편지를 한 장 내

밀었다. 하늘이가 유별에게도 무언가를 남긴 모양이었다.

밤이 되어서야 집에 돌아왔다.
집에 돌아와 첫 번째 편지를 읽었다.
맞다, 그때 콜라를 떨어트리는 바람에 콜라가 터졌었지. 내가 홀딱 젖어서 하늘이랑 유별이 정말 많이 웃었는데.

'근데 바다야, 넌 울지 않았으면 좋겠어. 늘 웃었으면 좋겠어.'

하늘아, 어쩌지. 웃겠다는 약속은 못 지킬 것 같은데.
난 하늘이가 소원이 있다는 문장을 읽고 자연스럽게 두 번째 편지를 뜯었다.
두 번째 편지까지 읽고 난 뒤 생각에 잠겼다.
하늘아, 네가 없는데 유별이랑 벚꽃을 보러 가는 게 무슨 소용이 있을까.
네가 없는데 이제 내 인생은 무슨 의미가 있을까.
이토록 누군가를 사랑해 본 적이 없었다. 엄마 말고 이토록 누군가가 살기를 바라본 적이 없었다.

3월 1일

아침 먹은 걸 모두 게워냈다.

하늘이가 두통 때문에 밥을 제대로 먹지 못하던 모습이 떠올랐다.

하늘이도 밥을 못 먹어가며 힘들어했는데 내가 뭐라고 밥을 먹을 수 있을까.

창문 커튼을 모두 다 치고 불도 끈 다음 이불 속에 들어갔다.

화가 났다. 하늘이 하나를 지켜주지 못한 내가 너무나 무능하게 느껴졌다.

그리고 곧 우울해졌다. 모든 것이 끝난 것만 같았다.

하늘이가 해맑게 웃던 모습이 눈앞에 맴돌았다.

3월 7일

　주말이 끝났고 개학을 했는데도 불구하고 난 4일째 학교에 가지 않았다.

　뭘 먹으면 다 게워내서 힘이 하나도 없었다. 하지만 아무것도 먹고 싶지 않았다. 차라리 나도 이대로 죽어버려서 하늘이를 따라가고 싶다고 생각했다.

　엄마는 병원에 가보자고 했지만 병원에 간다고 해결될 문제가 아니었다.

　난 침대에 틀어박혀 계속 잠만 잤다.

　모든 것이 무의미하게 느껴졌다.

　어차피 사람은 결국 죽게 되는데, 나도 언제 죽을지 모르는데, 밥은 먹어서 뭐 하고 학교는 가서 뭐 하냐는 생각이 들었다.

한참 자고 있는데 유별이 또 집에 찾아왔다.

"야, 한바다."

"가라."

"아니, 난 갈 수 없어."

"네가 뭔데."

"일어나 봐."

"싫어."

"일어나라고!"

유별은 내 이불을 걷어냈다.

"뭐 하는 짓이야."

"난 널 이대로 둘 수 없어."

"그러니까, 네가 뭔데."

"난 네 친구니까!"

유별은 그렇게 말하면서 울었다.

"난 네 친구니까 네가 힘들어하는 걸 보고 있을 수 만은 없어."

"…."

"그리고 난 하늘이랑 약속했단 말이야."

하늘이란 말에 내 눈이 커졌다.

"무슨 약속?"

"하늘이가 편지에 그렇게 썼어. 네가 힘들어하면 나

보고 네 곁에 있어달라고."

　우리는 아무 말도 없이 서로를 바라보았다.

　그랬구나. 하늘이는 그 와중에 나를 생각했구나.

　하지만 그럼에도 달라지는 건 없었다. 하늘이가 내 곁에 돌아오는 건 아니니까.

　"…필요 없어."

　"뭐?"

　"결국 하늘이가 돌아오는 건 아니잖아."

　유별은 잠시 망설이더니 말했다.

　"한바다, 하늘이가 너한테도 편지 쓰지 않았어?"

　"…."

　"거기 뭐라고 적혀 있는데. 하늘이가 지금 네가 이러는 거 좋아할 것 같아?"

　"나가."

　"그래. 나갈 건데 잘 생각해 봐. 하늘이가 바라는 게 뭔지. 난 하늘이의 유지 꼭 지킬 거야."

　그리고 유별은 문을 세게 닫고는 방을 나갔다.

　나는 하늘이가 준 편지 2장을 다시 읽었다.

　'방에만 틀어박혀 있지 말고, 벚꽃 잔뜩 피면 꼭 벚꽃 보러 나가!'

하늘이는 내가 방에만 있을 걸 알고 이렇게 적은 걸까. 자꾸 하늘이의 웃는 모습이 떠올랐다. 괴로워 미칠 것만 같았다. 차라리 아무것도 떠오르지 않았으면. 아니, 애초에 하늘이를 만나지 않았더라면.

하지만 마음은 내 맘대로 되지 않는다. 기억하고 싶은 것은 잊고, 기억하지 않으려고 하는 것은 머릿속을 점령했다.

3월 8일

　담임 선생님이 빨리 학교에 나오라고 하는 바람에 어쩔 수 없이 학교로 발걸음을 옮겼다.

　학교에 가니 친구들이 나를 이상하게 쳐다보는 게 느껴졌다. 개학하고 며칠이나 학교를 빠졌으니 그럴 만도 하다.

　하지만 친구들의 시선 따위는 아무렇지도 않았다. 난 하늘이 생각만으로도 머리가 꽉 차 있었기 때문이다.

　수업 내용도 전혀 귀에 들어오지 않았다. 그저 앉아서 칠판만을 쳐다보고 있을 뿐이었다.

　하늘이가 학교를 꼭 다니고 싶어 했는데. 지금 여기 앉아 있어야 할 사람은 내가 아니라 하늘이인 것 같았다.

　계속 하늘이를 생각하다 보니 하늘이가 사실 살아

있는 게 아닌가 하는 생각까지 들었다. 왠지 다른 반에 가면 하늘이가 앉아서 웃고 있을 것만 같았다.

무슨 정신으로 학교에 있었던 건지 모르겠다. 난 학교가 끝나자마자 집으로 가 침대에 누웠다.

그때 갑자기 유별이 한 말이 생각났다.

"그래. 나갈 건데 잘 생각해 봐. 하늘이가 바라는 게 뭔지. 난 하늘이의 유지 꼭 지킬 거야."

유지라…. 하늘아, 네가 나한테 바라는 건 뭐야? 내가 웃기를 바라는 거야? 널 잃었는데 내가 어떻게 웃을 수 있겠어….

하지만 하늘이가 내게 남겨준 편지가 아직 8장이나 남아 있었다.

그리고 난 아직 하늘이의 소원을 하나도 들어주지 못했다.

네 소원을 다 들어주면 될까? 그럼 네가 살아 돌아올까?

네 편지를 다 읽으면 그 뒤엔 어떻게 될까. 아니, 애초에 내가 그때까지 살아 있을까?

난 한참을 고민하고, 또 고민했다. 그리고 지켜주기

로 결심했다. 너의 유지를.

　그래, 내가 언제 죽을지는 알 수 없지만 그래도 살아 있는 동안은 네 소원을 다 들어줄게. 하늘에서 지켜봐 줘, 하늘아.

3월 31일

네가 떠난 지 한 달이 지났다.

그동안 난 학교에 갔고, 가끔 아빠 양복점 일을 도 왔으며, 집에서는 엄마를 돌보았다. 그리고 하루도 빠 짐없이 너를 생각했다.

처음엔 실감이 안 나서 눈물도 나오지 않았는데 점 점 하루하루가 지날수록 선명히 너의 빈자리가 느껴 지는 건지 틈만 나면 눈물이 쏟아졌다.

오늘은 너의 첫 번째 소원을 들어주는 날이다. 유별 이랑 같이 벚꽃을 보러 가기로 했다.

올해는 유난히 벚꽃이 빨리 개화해서 벌써 온 거리 가 분홍빛으로 물들었다.

난 유별이랑 먹을 도시락을 쌌고, 유별은 간식거리

를 챙겼다.

우리는 집 앞에 있는 산책로에 갔다.

많은 사람이 모여 각자만의 봄을 즐기고 있었다.

좋은 자리는 벌써 다 차 있어서 우리는 산책로와 조금 떨어져 있는 벚꽃 나무 아래에 자리를 잡았다. 그리고 각자 가져온 음식을 꺼내 먹기 시작했다.

"하늘이도 같이 있었으면 좋았을 텐데."

"…응."

"하늘이가 편지에 그렇게 썼어? 벚꽃 보고 싶다고?"

"방에 틀어박혀 있지 말고 벚꽃 보러 나가라고 했어. 퇴원하면 나랑 벚꽃 보러 가는 게 소원이었대."

"흠, 그렇구나…."

우리는 다시 말없이 산책로 앞에 있는 강을 바라보았다. 강에서는 윤슬이 밝게 빛나고 있었다.

"하늘이가 편지 몇 장 썼어?"

"10장. 한 달에 한 장씩 읽어보래. 딱 올해 12월 것까지."

"하늘이는 언제 그 많은 편지를 다 썼을까? 우리 앞에서는 한 번도 편지 쓴 적이 없어서 몰랐어."

"우리 없는 시간에 썼나봐."

"하늘이 보고 싶다…."

그때 하얀 나비 한 마리가 내 앞을 날아다녔다.

'난 나비가 돼서 네 주변을 날아다닐게. 나 한번 찾
아봐~!'

정말 너일까? 네가 지금 내 곁에 와준 걸까?
난 그 나비를 한참 동안 바라보았다.

5월 5일

TO. 바다

대박. 벌써 5월이야. 좀 있으면 여름이라니. ㄷㄷㄷ

넌 세 달에 걸쳐서 이 편지를 읽고 있겠지만 사실 난
하루 만에 3장을 쓰고 있는 거야.

언제 갑자기 떠날지 모르니까 마음이 조급해지는
거 있지.

중간고사는 잘 쳤어?

이건 진짜 네가 꼭 들어줬으면 하는 건데 공부 열심
히 해야 해!

내 몫까지 합쳐서!

난 학교에서 공부 제대로 못 해본 게 한이거든….

그러니까 이번 달 소원이자, 앞으로 계속 들어줬으
면 하는 소원은 공부 열심히 하기!
그래서 다음 기말고사 때 성적을 왕창 올리는 거야.
할 수 있지? 파이팅!

FROM. 하늘

편지 2장을 한 번에 읽는 바람에 다음 편지를 읽기
까지 꽤 오래 기다린 듯한 느낌이 들었다.

근데 고작 소원이 공부해 달라는 거라니. 하늘이가
무슨 마음으로 이런 편지를 쓴 건지 잘 이해가 되지
않았다.

어쨌든 소원은 소원. 난 하늘이의 소원을 들어주기
위해 도서관으로 향했다.

사실 난 좋아하는 거나 잘하는 게 딱히 없다. 공부
도 특별히 잘하는 게 아니라 늘 간신히 중위권을 유지
하고 있는 수준이다.

당연히 장래 희망이나 꿈도 없다.

딱 하나 꿈이 있었다면 하늘이 너와 같이 행복한 나
날들을 보내는 거였는데. 난 겨우 하나 남아 있던 꿈
도 이룰 수 없는 신세가 된 것이다.

도서관에 가니 시험 기간이 끝나서 그런가 사람이

많이 없었다.

난 국어 문제집을 폈다. 근데 접혀 있는 페이지가
있었다. 난 이런 표시를 한 적이 없는데. 난 얼른 그
페이지를 펴 보았다.

페이지를 펴니 접혀 있는 부분 아래에 볼펜으로 쓴
글씨가 보였다.

'사랑해. 파이팅!'

처음 보는 글씨였다.

아, 하늘이가 나 몰래 써둔 거구나. 또 눈물이 나올
것 같았다.

하늘이의 소원을 하나씩 이룰수록 하늘이는 내 마
음속 더 깊이 파고들었다.

6월 2일

TO. 바다

이제 싱그러운 여름이겠구나.

햇살은 많이 뜨거워?

내가 뉴스에서 봤는데 지구 온난화가 점점 더 심해
져서 이제 곧 여름이랑 겨울밖에 안 남을 거래.

아니다. 이거 네가 해준 이야기였나?

아무튼 이번 달 소원은 '전시회 가기'야!

날도 더운데 밖에서 돌아다닐 수는 없으니까 시원
한 실내에서 즐겨야지~.

나간 김에 빙수도 사 먹구 와!

꼭 초코빙수로 먹어!

하늘에서 나도 같이 먹을 거거든!

그럼 행복한 여름을 맞이해!

FROM. 하늘

편지를 읽고 유별에게 가서 가볼 만한 전시회가 있는지 찾아봐 달라고 부탁했다. 유별은 나만 믿으라며 흔쾌히 부탁을 들어주었다.

그렇게 유별과 나는 우리 동네 미술관에서 하는 유명한 작가의 작품 전시회를 보러 가게 되었다.

전시회의 주제는 '삶'이었다.

전시장에 들어가자마자 커다란 조각상이 우리를 맞이했다. 조각상은 무슨 모양인지 도통 알 수 없었지만 굉장히 많은 뜻을 담고 있는 것 같았다.

우리는 전시장에 걸린 그림들을 하나하나 보기 시작했다. 대부분의 그림들에 사람들이 그려져 있었다.

삶은 관계 그 자체라는 걸까.

인간은 혼자서는 살아갈 수 없다고 하던데. 난 하늘이 없이 앞으로 살아갈 수 있을까.

날이 갈수록 우울해지는 기분이 들었다.

전시장을 다 둘러보고 건물을 나왔다.

"이제 뭐 할 거야? 바로 집에 갈 거야?"

"빙수 먹으러 가자."

"갑자기 웬 빙수? 너 더워?"

"하늘이가…. 빙수 먹고 싶다고 적었어. 초코빙수."

유별은 나를 안쓰럽게 쳐다보는 듯하더니 애써 웃으며 말했다.

"그래! 빙수 먹으러 가자! 나 더웠어."

유별은 한결같이 내 옆에 있어주었다. 그래도 유별 덕분에 기분이 좀 나아지는 듯했다. 그게 참 고마웠다.

우리는 근처 빙수 가게에 들어가 초코빙수를 시켰다. 그리고 아무 말 없이 빙수를 먹었다. 아마 유별도 하늘이 생각을 하고 있는 거겠지.

하늘아, 지금 빙수 같이 먹고 있는 거야? 네 입에 맞았으면 좋겠다.

7월 8일

TO. 바다

바다야, 혹시 내가 말했던 거 기억 나?

나 연극 보는 거 엄청 좋아한다고 했었잖아!

서울에서 하는 연극은 진짜 거의 다 본 것 같다니까~.

근데 이번 7월에 내가 제일 좋아하는 로맨스 연극을

부산에서 한대!

사실 이미 공지는 한참 전에 올라왔었는데 난 아마 그

때쯤이면 못 보러 갈 테니까⋯. 너라도 대신 가줘!

아, 별이도 같이 가야 하는 거 알지?

공연 재미있게 보고 와~!

FROM. 하늘

이제 완전 한여름이 되었다.

바람은 하나도 불지 않았고, 무더운 햇빛만 내렸다.

기말고사가 얼마 남지 않아 공부에 매진하고 있는데 숨도 돌릴 겸 유별과 하늘이가 말한 연극을 보러 가기로 했다.

연극은 저번에 하늘이와 병실에서 봤던 로맨스 영화를 연극으로 재구성한 것이었다.

똑같은 내용을 영화와 연극으로 보는 건 또 다른 재미가 있었다. 개인적으로 연극은 좀 더 생동감이 드는 것 같았다.

난 또 클라이맥스에서 눈물을 흘리고 말았다. 옆을 슬쩍 보니 유별은 아예 손으로 얼굴을 감싸고 통곡을 하고 있었다.

연극이 끝나니 하늘이가 생각났다. 하늘이도 이 연극을 직접 봤으면 얼마나 좋아했을까. 그리고 문득 하늘이도 없는데 이러고 있는 게 정말 맞을까 하는 생각이 들었다.

집으로 가는 길에 난 유별에게 물었다.

"유별."

"왜?"

"이러고 있는 게 정말 좋은 거라고 생각해?"

"뭐가 말이야?"

"하늘이의 유지를 지켜준다고는 하지만 어쨌든 하늘이는 없는 거잖아. 우리만 이렇게 즐거워해도 되는 거야?"

유별은 잠시 고민하더니 대답했다.

"내가 하늘이라면 정말 기쁠 것 같은데."

"뭐가?"

"내 남자친구가 행복해하는 모습을 본다면 말이야."

"아니, 하늘이는 지금 없잖아."

"너 하늘이 잊어버릴 거야?"

"절대 안 잊어버리지!"

"그럼 하늘이는 계속 너와 함께 있는 거 아닐까?"

정말 그럴까. 내가 기억한다면 하늘이는 내 곁에 있는 걸까.

"그리고 난 하늘이 유지 꼭 지킬 거야! 하늘이가 네 옆에 있어달라고 했단 말이야."

"으, 그런 말 하니까 좀 징그럽다."

"웩. 나도 네 옆에 있는 거 싫거든."

우리는 또 티격태격하며 집으로 돌아갔다. 하늘이 붉게 물들고 있었다.

8월 5일

이제는 하늘이가 남긴 편지를 읽어보기 위해 살아가는 것 같다는 생각이 든다. 하루하루 매월 첫째 주가 오기만을 간절히 기다린다.

TO. 바다

바다야! 기말고사 잘 쳤어?

드디어 신나는 여름방학이야!

이번 여름방학에는 맛있는 걸 잔뜩 먹으면 어떨까?

별이랑 같이 맛집 투어를 하는 거야!

빵집 투어면 더 재미있겠다. ㅋㅋㅋ

이 세상에서 가장 맛있는 초코소라빵을 찾아줘!

아, 글 쓰다 보니까 또 초코소라빵 먹고 싶다.

네가 내 무덤에 초코소라빵 놓고 가면 내가 감사히
먹어줄게!(부탁하는 거 맞음. ㅋㅋㅋ)
더위 먹지 않게 조심하고, 여름방학 잘 보내!

FROM. 하늘

여름방학이 되었다.

하늘이의 남은 흔적은 납골당에 남겨두었다고 한
다. 하지만 난 한 번도 하늘이의 납골당에 찾아간 적
이 없다.

너무 무서웠다. 납골당에 찾아가면 진짜 하늘이의
죽음을 인정하게 될까 봐.

유별은 몇 번이고 가자고 날 설득했지만 난 꿈적도
하지 않았다. 마음의 준비가 필요했다.

하지만 이 편지를 보니 이제는 하늘이에게 찾아갈
때가 된 것 같았다.

난 유별네 집에 찾아갔다.

"너 하늘이 납골당 간 적 있지?"

"당연하지. 너 안 간다고 해서 나 혼자 갔잖아."

"오늘 나 거기 좀 데려가 줘."

"진짜?"

"응, 하늘이가 오래."

우리는 납골당에 가기 전 집에서 좀 멀리 떨어진 빵집에 먼저 들렀다.

검색해 보니 거기서 파는 초코소라빵이 맛있다고 소문이 나 있었다.

우리는 한 시간 동안 줄을 선 끝에 초코소라빵 세 개를 사서 납골당에 갔다.

처음 가보는 납골당이었다. 그곳에는 많은 사람들의 흔적이 남아 있었다.

우리는 하늘이의 흔적이 남아 있는 곳을 찾아내었다.

안에는 내가 하늘이에게 주었던 매쉬 메리골드 한 송이가 메마른 채 있었고, 하늘이가 활짝 웃고 있는 사진들이 여러 액자 안에 들어 있었다.

사진 속 하늘이는 밝게 웃고 있었지만 그 모습을 보는 내 눈에서는 눈물이 흘러내렸다.

이제 더 이상 해맑게 웃는 하늘이를 볼 수 없었다.

그때 유별이 하늘이에게 말을 걸었다.

"하늘아, 나 왔어. 오늘은 바다도 같이 왔어."

하늘이는 아무 대답도 할 수 없었다. 그럼에도 유별은 말을 이어갔다.

"네가 좋아하는 초코소라빵 사 왔어. 이거 맛집에서 줄 서서 산 거다? 맛있을 거야. 우리 다 같이 먹자."

그렇게 우리는 다 같이 사 온 초코소라빵을 먹었다. 최근에 먹은 것 중 가장 맛있었다.

"너는 하늘이한테 할 말 없어?"

"나? 나는⋯."

이상하다. 하늘이를 다시 만나면 하고 싶은 말이 엄청 많았는데. 막상 하늘이 앞에 서니 아무 말도 나오지 않았다. 나는 고민하다 힘겹게 말을 내뱉었다.

"보고 싶었어, 하늘아. 엄청 많이. 네 소원 하나씩 이뤄주고 있어. 곁에서 지켜보고 있는 거 맞지? 걱정하지 마. 남은 소원도 다 이뤄줄게."

나는 살짝 입꼬리를 올렸다. 올해가 되고 처음 짓는 미소였다.

유별과 나는 하늘이에게 '또 올게.'라는 인사를 남기고 집으로 돌아갔다. 마음속 한편에 있었던 응어리가 조금 풀린 느낌이었다.

9월 24일

TO. 바다

와, 벌써 개학이라니.

고등학교 여름방학은 너무 짧은 것 같아. 여름방학
잘 보냈어?

바다야, 내가 생각을 해봤는데 너 요리 학원 같은 거
다녀보는 게 어때?

며칠 전에 죽 끓여 온 것도 그렇고, 지난주에 도시락
싸 온 것도 그렇고, 너 요리에 재능이 있는 것 같아.

아, 아니면 제과 · 제빵은 어때?

네가 초코소라빵을 왕창 만들면 내가 하나씩 먹고
평가해 줄게!

그리고 크면 가게를 여는 거야!

넌 빵 만들고, 난 직원 하고.(어디까지나 내 소망이지만. ㅎㅎ)

아, 근데 내가 빵 다 먹어버려서 남는 게 없을지도
몰라~.

그러니까 이번 달에 어디든 좋으니 학원 한번 등록
해 봐!

FROM. 하늘

하늘이가 요리 학원을 등록해 보라고 했다. 난 친구
들이 흔히 다니는 수학, 영어 학원도 다녀본 적이 없
는데. 내가 과연 잘 다닐 수 있을까.

그래도 난 원래 요리를 자주 했기 때문에 나쁘지 않
을 것 같았다. 근데 일반 요리보다는 제과·제빵을 더
배워보고 싶었다. 왜냐하면 하늘이가 빵을 좋아했으
니까. 직접 만든 빵을 하늘이에게 갖다주고 싶었다.

난 엄마에게 부탁해 제과·제빵 학원에 등록했다.

엄마는 내가 이렇게 먼저 뭘 배워보고 싶다고 한 게
처음이라 놀란 눈치였지만 이내 기뻐하셨다.

집 근처에는 제과·제빵을 가르치는 학원이 없어 어
쩔 수 없이 버스를 타고 일곱 정거장 거리에 있는 학
원을 다니게 되었다.

처음에는 다양한 걸 만들었다.

피낭시에, 마들렌 등등…. 처음 먹어보는 빵이 많았다.

그래도 난 다행히 학원에 잘 적응했다. 새 친구들도 사귀고, 소질이 있다고 선생님께 칭찬도 들었다.

여태껏 살면서 나 스스로 선택한 일이 몇 없었는데 이번에 내가 학원을 다니기로 한 선택은 너무나 만족스러웠고 나 자신이 대견하기까지 했다.

학원을 어느 정도 다니다 보니 기본적인 레시피들을 숙지하게 되었고, 난 틈틈이 집에서도 빵이나 쿠키를 만들기 시작했다.

그리고, 초코소라빵을 만들 줄 알게 된 날. 난 또다시 하늘이의 납골당을 찾아갔다.

"하늘아, 초코소라빵 가져왔어. 이거 내가 직접 만든 거다? 네가 말한 대로 제과·제빵 학원에 등록했거든."

그리고 나는 잠시 멈춘 다음 계속 말을 이어갔다.

"하늘아, 왜 나한테 학원에 다니라고 한 거야? 너무 좋은데 네가 이런 편지를 남긴 이유가 궁금해."

하지만 사진 속 하늘이의 대답은 돌아오지 않았다.

난 그렇게 답을 듣지 못한 채 집으로 돌아갔다.

10월 6일

TO. 바다

바다야, 이제 슬슬 털어놓을 때가 온 것 같아.

나 사실 너 병원에서 만나기 전부터 너 알고 있었어.

넌 기억 못 하겠지만 학교에서 내가 떨어트린 유인

물을 네가 같이 주워준 적이 있었거든.

나 너 그때부터 좋아했는데. ㅎㅎ

병원에서 다시 만날 줄은 상상도 못 한 거 있지?

병원에서 너 봤을 때 깜짝 놀랐잖아.

아, 그리고 하나 더!

원숭이 모양 구름 봤다는 건 거짓말이었어.

그치만 코끼리 모양 구름 본 건 진짜야. 믿어줘!

이번 달은 내가 속인 게 많으니까 소원 없는 걸로 할

게. ㅎㅎ

잘 지내!

FROM. 하늘

날 알고 있었다고?

난 기억을 더듬어 봤다. 그러고 보니 복도를 지나가
다 땅에 떨어진 종이들을 줍고 있는 여자아이를 도와
준 기억이 얼핏 난다. 그게 하늘이었구나.

난 하늘이라는 아이가 있는 줄도 몰랐었는데. 하늘
이는 그때부터 날 지켜봤다니.

난 운명을 믿지 않았다. 모든 것은 다 우연이라고만
생각했다.

그런데 이제 보니 운명이라는 게 정말 있는지도 모
르겠다.

구름 얘기는 사실 진짜라고 믿었던 적은 한 번도 없
긴 한데 이렇게 글로 진실을 알게 되니 왠지 피식 웃
음이 나왔다.

하늘이와 구름 얘기를 했을 때 정말 좋았는데. 시간
을 되돌릴 수만 있다면 그때로 다시 돌아가고 싶었다.

난 창문 너머에 있는 푸르른 하늘을 올려다보았다.

11월 5일

TO. 바다

바다야, 나 병실에 있는데 갑자기 놀이공원이 너무 가고 싶어.

츄러스도 왕창 사 먹고, 회전목마도 타고, 롤러코스터도 타고, 사진도 왕창 찍고.

너랑 별이랑 셋이서 같이 놀러 가면 진짜 재미있을 텐데.

놀이공원 안 간 지 벌써 몇 년이 된 것 같아.

그래서 말인데 이번 달에는 놀이공원에 가줄 수 있을까?

나도 같이 간다고 생각하고!

하늘에서 계속 지켜보고 있을게. ㅎㅎ

그럼 재미있게 놀다 와!

FROM. 하늘

　이제 하늘이의 소원도 두 개밖에 남지 않았다. 시간이 참 빨리 흐르는 것 같았다.
　난 유별에게 같이 놀이공원에 가자고 했다. 유별은 완전 신나 했다.
　놀이공원에 가니 역시 주말이라 사람이 붐볐다. 우리는 편지에 적힌 대로 츄러스를 사 먹고, 좀 유치하지만 회전목마도 타고, 롤러코스터도 탔다.
　이렇게 신나게 놀아본 게 얼마 만인지. 시간 가는 줄도 모르고 우리는 놀이공원 문이 닫힐 때까지 놀았다.
　하늘이도 같이 놀았으면 정말 좋았을 텐데. 오늘따라 하늘이가 더 보고 싶었다.

12월 1일

하늘이의 마지막 편지를 읽는 날이 왔다. 벌써 거의 1년이란 시간이 흘렀다. 하늘이의 시간은 멈춘 채 내년이면 우리는 고3이 된다.

난 하늘이가 남긴 상자부터 확인해 보기로 했다. 리본으로 포장된 상자를 열어보니 하얀 목도리가 들어 있었다.

그제서야 알았다. 이건 하늘이가 병원에서 자기 것이라고 계속 뜨던 목도리였다. 사실 나 주려던 거였구나.

하늘이는 계속 내 생각을 했던 거다.

난 해주지 못한 게 너무 많은데 하늘이는 내게 과분한 사랑을 주었다.

난 서둘러 마지막 편지봉투를 열어보았다.

TO. 사랑하는 바다에게

바다야, 벌써 마지막 편지네.

어때? 1년 동안 내 소원 다 들어줬어?

이제는 방에만 틀어박혀 있지 않지? 울지도 않고.

내 마지막 소원은 너랑 같이 바다 보러 가는 거야.

너희 집 앞에 바다 있다고 했지?

나도 그 바다 보러 가끔 놀러 갔었어.

아, 대신 해가 질 때쯤에 보러 가줘. 그때가 바다가

제일 예쁠 때거든.

마침 해가 질 시간이었다.

난 하늘이가 준 목도리를 둘러매고 하늘이의 마지막 소원을 들어주러 바다로 향했다.

바다는 아름답게 빛나고 있었다.

봄에 유별과 산책로에 갔을 때 본 강과는 비교할 수 없을 정도였다.

난 아까 본 편지의 뒷부분을 떠올렸다.

바다야, 난 널 보고 날 잊어달라고 말하고 싶어. 그 래서 네가 새로운 삶을 살아갔으면 좋겠어.

하지만 넌 이것만큼은 지키지 못하겠지?

그럼 이렇게 하자.

가끔 내가 생각나면 그 바다를 보러 가.

네가 바다를 보러 오면 난 하늘에서 널 지켜볼게.

하늘과 바다가 만나 아름다운 수평선을 이루는 거야.

그리고 다시 훌훌 털어버리고 내일을 살아가는 거야.

바다야, 널 만나서 진심으로 행복했어. 난 너에게 과
분한 사랑을 받은 것 같아.

나에게 와줘서 고마워.

말로 다 표현할 수 없을 만큼 널 사랑해.

FROM. 하늘

이제야 10장의 편지가 무엇을 의미하는지 깨달았
다. 하늘이는 내가 자신을 잊지 못하고 과거에만 머물
러 살까 봐 걱정했던 거다. 그래서 일부러 밖에 나가
게 하고, 학원에 다니게 해서 내가 미래로 나아갈 수
있도록 도와준 거다.

하늘아, 고마워. 아마 너의 다정함은 평생 잊을 수
없을 거야.

널 절대 잊지 않을게. 하지만 과거에 머물러 있지도
않을 거야.

네가 생각나면 하늘을 보러 여기 올게. 넌 바다를

보러 와.

그리고 우리 같이 수평선을 이루자.

영원히 사랑해.

고등학교 1학년 때 학교에 내가 가장 좋아하는 국어 선생님
이 계셨다. 어느 날 선생님은 내게 경남 청소년 문학대상이라는
것에 참가해 보라고 하셨고, 난 그 대회에서 대상을 받았다.

그렇게 난 글을 쓰기 시작했다.

인생 첫 번째 책 『찬란한 하늘』을 내고 난 후 일주일도 채 지
나지 않아 빨리 두 번째 책을 쓰고 싶다는 마음이 생겼다.

아직도 이 소설이 시작된 날이 생생히 떠오른다.

소파 한구석에 앉아 멍을 때리고 있을 때 갑자기 로맨스 소설
을 써보는 게 어떨까? 라는 생각이 들었다. '로맨스 소설'이라는
단어가 떠오르니 그 뒤에 이어질 내용들은 자연스럽게 따라왔
다. '아, 그럼 청소년들의 풋풋한 사랑을 그려보자.', '여자 주인
공이 아픈 상황은 어떨까?', '남자 주인공한테는 오래된 소꿉친
구가 있는 거야.' 난 그렇게 내용의 틀을 잡아가기 시작했다.

난 바다와 하늘, 그리고 별이를 통해 죽음을 넘나드는 청소년
들의 애틋한 사랑과 우정을 그려내고 싶었다. 또한 소중한 사람
을 잃고 남겨진 이들에 대한 내용을 다뤄보고 싶었다.

글을 쓰는 매 순간이 행복했다. 눈 뜨자마자 노트북을 켰고, 자기 직전까지 글을 썼다. 글이 잘 써질 때도, 글감이 떠오르지 않아 머리를 쥐어 싸매었을 때도, 처음 느껴보는 행복에 젖어 어쩔 줄을 몰랐다.

글을 쓰고 출판사에 원고를 보낸 다음 하늘을 향해 몇 번이고 기도했다. 목숨을 가져가도 좋으니 책을 낼 수 있게 해달라고. 그리고 하늘은 나의 간절함을 들어주었다.

난 늘 따뜻한 글을 쓰고 싶다고 생각했다.

이러한 나의 마음을 담아 나의 글이 누군가에게 살아갈 수 있는 힘이 되기를, 위로가 되기를 간절히 바라며 글을 마친다.

늘 응원해 주고 많은 지원을 해주시는 사랑하는 엄마, 무엇보다 이 책을 끝까지 읽어주신 모든 분들께 감사의 말씀을 전합니다.

찬란한 하늘이 빛나는 날
김푸름

하 늘 과
바 다 가
만 ― 나

초판 1쇄 발행   2025. 4. 30.

지은이   김푸름
펴낸이   김병호
펴낸곳   주식회사 바른북스

편집진행   박경원
디자인   김효나

등록   2019년 4월 3일 제2019-000040호
주소   서울시 성동구 연무장5길 9-16, 301호 (성수동2가, 블루스톤타워)
대표전화   070-7857-9719 | **경영지원**   02-3409-9719 | **팩스**   070-7610-9820

•바른북스는 여러분의 다양한 아이디어와 원고 투고를 설레는 마음으로 기다리고 있습니다.

이메일   barunbooks21@naver.com | **원고투고**   barunbooks21@naver.com
홈페이지   www.barunbooks.com | **공식 블로그**   blog.naver.com/barunbooks7
공식 포스트   post.naver.com/barunbooks7 | **페이스북**   facebook.com/barunbooks7

ⓒ 김푸름, 2025
ISBN 979-11-7263-347-9 03810

•파본이나 잘못된 책은 구입하신 곳에서 교환해드립니다.
•이 책은 저작권법에 따라 보호를 받는 저작물이므로 무단전재 및 복제를 금지하며,
이 책 내용의 전부 및 일부를 이용하려면 반드시 저작권자와 도서출판 바른북스의 서면동의를 받아야 합니다.